CARE SANTOS

MENTIDA

PREMI EDEBÉ DE LITERATURA JUVENIL

edebé

Novel·la guanyadora del Premi Edebé de Literatura Juvenil, segons el veredicte del jurat format per: Xavier Brines, Victoria Fernández, Anna Gasol, Rosa Navarro i Robert Saladrigas.

www.caresantos.com

Passeig de Sant Joan Bosco, 62
08017 Barcelona
www.edebe.com

Atenció al client: 902 44 44 41
contacta@edebe.net

Directora de Publicacions: Reina Duarte
Editora Literatura Juvenil: Elena Valencia
Disseny de la col·lecció: Book & Look
Fotografia de coberta: Shutterstock
Fotografia de l'autora: Edebé

11a edició

ISBN: 978-84-683-1578-2
Dipòsit legal: B. 1058-2015
Imprès a Espanya
Printed in Spain
EGS - Rosari, 2 - Barcelona

—La vida és un joc, fillet. La vida és un joc que es juga segons les regles.

—Sí, senyor. Ja ho sé que ho és. Ja ho sé.

El vigilant en el camp de sègol

J. D. Salinger

Segons les estadístiques, en dotze mesos hi va haver més de divuit mil delictes comesos per menors d'edat. Els més freqüents van ser els robatoris: de cotxes, de diners, d'aparells electrònics (sobretot, mòbils). En tota mena de llocs: cotxes, supermercats, al mig del carrer, dins les cases... En total, 9.782.

Entre els lladres joves, els més corrents són els de 17 anys. Els 17 deuen ser una edat complicada. Potser entre els 16 i els 18 la gent s'avorreix. El cas és que, en un any, la policia va detenir més de tres mil lladres de 17 anys. De 14, en canvi, només la meitat: 1.505.

Després dels robatoris, les estadístiques parlen de delictes de lesions: 2.416 menors van acabar a la presó per aquest motiu. «Lesions» és quan et baralles amb un paio, li claves una puntada de peu i li fas mal de debò. Després hi ha les violacions: 267. Bé, la llei en diu «delictes contra la llibertat i la indemnitat sexual».

I així arribem al capdamunt de la llista. Aquí hi ha els assassinats. «Homicidi i les seves for-

mes», diu la llei. Total: 44 condemnes. Poca penya, vaja. D'aquests 44, 43 són nois. L'única noia assassina d'aquell any en tenia 16. Els de 17 tornen a encapçalar el rànquing. En són 20. Assassins de 16 anys també n'hi ha, però no tants: les dades oficials n'assenyalen 13. Tot i això, costen d'imaginar, oi? En el tarot, la carta número 13 és la Mort. També tenim vuit assassins de 15 anys i tres de 14. Només tres de 14. Tres són molt pocs.

Els jutges de menors no volen saber res dels qui encara no han fet els 14. Per sota de 14 ets un marrec, un innocent, un inimputable. *Vol dir que facis el que facis no en tens la culpa tu. Ets algú que no sap de què va el món. Algú que no ha tastat el sabor amarg de la vida. Un privilegiat. No existeixes.*

Quedem-nos amb això: tres assassins de 14 anys. Tres rars entre els rars. Qualsevol expert us diria: l'assassinat és poc corrent entre els joves criminals, és massa greu, matar no es fàcil, matar vol dir esmerçar-s'hi. Matar és dur, costa, la gent no mor fàcilment. Però de tant en tant passa, és clar. Tot passa, de tant en tant. Som una raça de guillats. Qualsevol de nosaltres és capaç de tot, si es donen les circumstàncies adequades. A la societat han d'existir les fruites podrides perquè les altres, les bones i sanes, se'n puguin allunyar. Respireu tranquils. Els assassins de 14 anys no són la norma.

Sóc una excepció. Una raresa en les estadístiques.

De vegades em pregunto què van fer els altres dos.

I

SALINGER

1

Els meus pares són un plom. Cada vespre, havent sopat, s'engresquen en tot de discussions sobre temes complicadíssims: els banquers, la crisi, els Estats Units, la seguretat mundial, la delinqüència, la pobresa... Em recorden un debat d'aquells de la tele que no s'acaben mai i que són més avorrits que un concert de flabiol. De debò que no els entenc. No discuteixen mai per res, però poden estar-se hores parlant d'aquestes coses. Mira que en són, d'estranys.

De l'última, no en fa gaire. Al *Telenotícies* acabaven d'emetre unes imatges on es veia un paio ros i alt clavant cops de puny a la cara d'un pobre noi mentre tots dos viatjaven en metro. «Un atac racista sense motiu», van dir. La víctima era oriental, nascut a Mongòlia. L'agressor, el va detenir la policia, i el jutge el va enviar a un centre de menors. A les imatges no se li veu la cara, perquè la té coberta per una mena de tel transparent. Això és perquè la llei protegeix els delinqüents quan són menors d'edat, em va explicar la mare. El pare va arrufar el nas. Es veu que no hi està d'acord, que es faci així. La mare pensa que els menors bé mereixen una altra oportunitat. La mare diu que als 17 anys, totes les coses poden arreglar-se. El pare li va preguntar de quin bàndol estava, que defensava els delinqüents.

—D'aquest pobre noi, no se'n deu haver ocupat mai ningú. Si ho haguessin fet, sabria distingir el que s'ha de fer i el que no, i no es comportaria d'aquesta manera —va fer ella.

—Au, vés! Un paio de disset sap molt bé el que està bé i el que no, i sap el que es fa. I el pobre noi apallissat, qui el defensa? —va saltar el pare.

—Tothom, és clar —va fer la mare—. La víctima, sempre la defensa tothom! En la nostra societat el que surt més ben parat és el que va de víctima.

Bla bla bla. Com sempre. Una llauna.

Per a la mare, «ocupar-se» de mi —que sóc filla única— vol dir tot de coses horroroses: no deixar-me anar a l'escola amb la roba que em ve de gust; atabalar-me amb mil preguntes cada cop que surto; treure'm el mòbil a les deu de la nit amb l'excusa de posar-lo a carregar; no deixar-me connectar mai des del llit (ni els caps de setmana!) o —encara pitjor— no permetre que tingui l'ordinador a la meva habitació. Sí, sí, això és el pitjor: haver de fer els deures a la cuina només perquè ella vol «controlar què faig» quan em connecto a Internet; i haver de suportar que de tant en tant s'estigui dreta al darrere meu i miri la pantalla a veure si faig res que ella no aprovi. Em posa tan nerviosa!

—Què vols que faci, amb la quantitat de treballs que em posen a l'*insti?* —li pregunto, a veure si se n'adona—. A més, ja sóc grandeta, mare, sé prou bé quins són els perills d'Internet.

Però res, la mare no es deixa convèncer. És com si no es refiés de mi. Ni tan sols em deixa tenir Internet al mòbil. És increïble! El pare em mira serrant les dents i com si em donés la raó, però ell tampoc no sap què fer per convèncer la mare. Tots dos ho sabem.

Un cop el pare em va dir:

—No és que la mare no es refiï de tu, Xènia. És que a Internet hi ha perills que ara no pots entendre i que ens fan por. A tots dos.

—Jo ja ho sé, quins perills hi ha a Internet! No sóc una nena petita.

El pare remenava el cap.

—Ens entendràs millor d'aquí a uns anys —va afegir.

—Em penso que no us entendré mai —vaig remugar jo, i el pare va riure.

Amb el pare és fàcil, riure. Això m'agrada d'ell. Li puc parlar de més coses, perquè no s'esvera tant com la mare i perquè no em tracta com si tingués deu anys. Al pare no em fa mandra fer-li confidències. Aquell vespre, per exemple, vaig estar a punt d'explicar-li allò del Marcel. Em moria de ganes de fer-ho, de dir-li com estava canviant tot de cop i volta i com em sentia de feliç, d'estranya, de diferent. Feia dies que no pensava en cap altra cosa.

Si li ho hagués dit, estic segura que no m'hauria clavat cap sermó d'aquests típics dels pares. Però ell ho hauria dit a la mare. El pare i la mare sempre s'ho expliquen tot.

Per sort, vaig saber callar.

Per sort?

2

La mare ja m'ho havia notat. La mare sempre m'ho nota tot, no sé com s'ho fa.

«Xènia! Vols fer el favor d'estar pel que estàs fent? No sé pas on tens el cap!»

«Xènia! On vas amb les escombraries? Es pot saber què penses?» «Xènia! Què hi fas, aquí, com un estaquirot? Per què estàs tan distreta?»

Tenia raó. Estava distreta. Molt. Sortia a llençar les escombraries i em quedava encantada a l'escala, rumiant. M'aturava a mig parar taula amb un somriure de tòtila i els gots a la mà, sense fer res.

També començava a témer que quan arribessin les notes del segon trimestre, seria un daltabaix. Darrerament no estava gaire centrada, que diguem. Fins i tot vaig suspendre dos exàmens seguits de Matemàtiques. «Tant se val», vaig pensar, «ja ho arreglaré a les recuperacions». I quan la mare va preguntar com m'havien anat els controls, vaig respondre amb un breu:

—Bé.

—Llavors, les notes ens agradaran? —va fer ella (és una de les seves preguntes típiques).

—No ho sé —vaig respondre, amb el cor a mil.

Sabia prou bé que no els agradarien gens. Però tenia encara vint-i-set dies de marge abans de la catàstrofe.

Aquells dies, trobava justificació per a tot. Quan els pares veiessin les notes, seria horrorós, però jo ara vivia en un núvol. Sempre he estat bona estudiant, no m'amoïnava gaire: ja ho arreglaria. Del que no volia estar-me —de cap manera!— era de viure aquella muntanya russa de sentiments que havia aparegut de sobte en la meva vida.

Me n'estava passant una de molt grossa.

Potser tindria conseqüències, però caldria assumir-les. Jo ja ho havia fet.

O potser algú es pensa que quan un huracà

de força cinc passa per la teva vida alguna cosa queda allà on era?

El meu huracà de força cinc es deia Marcel i era un fantasma. Vull dir que no era —encara— un ésser de carn i ossos. Era un ésser virtual, que vivia dins el meu cap i dins el meu ordinador.

El vaig conèixer d'una manera ben curiosa: gràcies a un llibre que vaig agafar en préstec a la biblioteca municipal. Era una recomanació de la professora de Filosofia, que feia pujar nota: *El vigilant en el camp de sègol*, d'un tal J. D. Salinger. La bibliotecària me'l va lliurar juntament amb un punt de llibre on deia: «Comparteix la teva lectura amb altres joves com tu al fòrum lector del nostre web». Em va semblar bona idea fer-hi un cop d'ull per veure de què anava el llibre que m'havia de llegir i saber què en pensava la gent, si més no.

Vaig entrar-hi aquella mateixa nit. Vaig remenar aquí i allà, a la recerca d'opinions interessants. Llavors vaig topar amb això:

Creieu que un llibre us pot canviar la vida? Jo abans hauria dit que no, sense pensar-m'ho.

Però aquest llibre em va fer canviar d'opinió. Me l'he llegit un munt de vegades i cada cop em pregunto com dimonis s'ho va fer, aquest Salinger, per escriure exactament les coses que jo de vegades penso o sento. Fil per randa, sense deixar-se res. Us ben prometo que fa por. M'agradaria molt ser amic de l'autor per trucar-li per telèfon i convidar-lo a una cervesa. Li diria: «Jo sóc el nou Holden Caulfield. Un cas perdut, com ell. Jo també sóc ben boig, de vegades. També estic convençut que més val no explicar mai res a ningú, perquè la gent no t'entén mai». També m'agradaria fer-li algunes preguntes. Per exemple: «El Caulfield del teu llibre ets tu? Tot això que expliques t'ha passat de veritat? Perquè llavors per fi entendria que sembli tan real. Si no, no sé com t'ho has fet». Va, ja paro. Aquest llibre és una passada, de debò. Llegiu-lo. És l'únic consell que us donaré mai.

Aquell missatge al fòrum va despertar la meva curiositat, i això que llavors encara no sabia que *El vigilant en el camp de sègol* és una novel·la molt famosa, que podria resumir-se així: un paio molt penjat fa tot de bogeries per Nova York després d'haver estat expulsat de l'institut per gandul i busca-raons. És una cosa així com l'obra mestra del seu autor, que també devia estar una mica penjat, em penso. Aquesta novel·la el va fer ric. Ara ja és mort, però el llibre encara se'l llegeix un munt de gent cada any.

Me'l vaig endur al llit i vaig començar a llegir-lo. Quan vaig mirar l'hora era mitjanit i ja anava gairebé per la meitat. Tot un rècord! Estava per l'escena aquella que en Holden rep la Sunny a l'habitació de l'hotel, pàgina 133. Em tenia realment enganxada! Potser perquè era el més fort que havia llegit mai fins aleshores.

L'endemà vaig tornar al fòrum de la biblioteca i vaig buscar el comentari que m'havia inspirat aquella marató de lectura. En realitat, buscava l'adreça electrònica del seu autor. Vaig trobar-ne la fitxa, amb algunes dades... Edat: 17. Institut: Ricard Salvat. Correu: HoldenCaulfield@... És clar! No en podia ser cap altre. El nom del protagonista penjat, com ell havia escrit. Vaig somriure en llegir-lo. El vaig entendre una mica.

Vaig escriure-li un missatge de seguida:

Hola, cas perdut! Només t'escric per dir-te que gràcies a la teva recomanació ahir a la nit vaig començar a llegir El vigilant en el camp de sègol *i em té enganxadíssima. Em penso, però, que a mi no m'agradaria conèixer el seu autor i encara menys el desastre del protagonista. Em cau força malament, aquest Caulfield, i ja sóc a la pàgina 133. I també em fa una mica de por. Per què dius que t'hi assembles? Ja sé que dius que no val la pena explicar res a ningú, però a mi m'agradaria que m'ho expliquessis, perquè de debò m'interessa saber-ho. Espero la teva resposta, Holden. Abraçades, Xènia.*

Oi que és una manera ben poca-solta de començar una història? De vegades, la vida és ben poca-solta.

3

Va trigar una mica a respondre. Una setmana, si fa no fa. I quan ho va fer, no va gastar gaires paraules:

Hola, Xènia. Quin nom més bonic, és real?

Tu no creus que tothom és una mica boig, d'una manera o una altra? Tu mai no has fet cap bogeria? Per cert, el llibre t'ha agradat o no? No em queda clar. Si vas per la pàgina 133, encara et queda el millor. Ja ho veuràs, ja.

Vaig prémer «Respon».

Penso que tens raó. Tots som una mica menys «normals» del que volem fer creure, però molt pocs s'atreveixen a reconèixer-ho. El llibre em va agradar molt. Ja fa dies que vaig tornar-lo a la biblioteca. N'havia de fer un treball per a Filosofia (vaig treure la millor nota de la classe). Salinger és un paio misteriós, ho sabies? No li agradava la fama, no es deixava fer fotografies, escrivia però no volia publicar. No entenc com pot haver-hi gent així. Per cert, el meu nom és ben real. I tu, com et dius? Jo tinc 16 anys i faig primer de Batxillerat. Tens mòbil? Podem parlar per whatsapp, *si vols. Seria més pràctic.*

Envia. Enviant. Missatge enviat.

Ni deu segons després, un ning que anunciava l'arribada d'una resposta. Curta com les altres:

No tinc mòbil. Quina nota vas treure, setciències? Jo em dic Marcel López, i tinc 17 anys. No ho sabia això de Salinger, gràcies per explicar-m'ho. M'agrada molt. Parlar amb tu encara m'agrada més.

Resposta:

Vaig treure un deu, és clar, què et pensaves? No és per res, però sóc una estudiant força brillant. Em cal ser-ho, perquè vull ser metgessa i la nota de tall a Medicina és altíssima. O estudio o frustraré els desitjos de tota la família. Els pares es moren per tenir una metgessa a la família! Els teus no t'atabalen amb aquestes coses? Com és que les teves respostes són tan curtes? I com és que no tens mòbil? De quin planeta surts? Em penso que ets el primer noi de 17 anys sense mòbil que he conegut EN TOTA LA MEVA VIDA. Què esperes, per comprar-te'n un? A mi també m'agrada parlar amb tu, però amb el mòbil ho faríem molt millor que per aquest sistema antediluvià.

Envia, etcètera.

Aquest cop no va haver-hi resposta. Em vaig esperar, neguitosa, durant una estona, fins que vaig entendre que es devia haver desconnectat, o potser estava fent altres coses. O potser tenia una mare com la meva, que li deia quan havia de fer què i com. Una altra víctima innocent de la tirania materna, en resum.

Hi vaig pensar força, aquella tarda. Vaig entrar unes quantes vegades al correu per veure si m'havia contestat. No ho havia fet.

La resposta va arribar dos dies més tard:

No puc escriure gaire aquí on sóc. Creu-me que ho sento molt. Podem continuar així fins que tingui un mòbil? Em podries dir com ets? M'agradaria imaginar-te.

Vaig contestar-li de seguida. Tan concisa com ell:

On ets?

No sóc gaire bona amb les descripcions. Coneixes la dita que fa «val més una imatge que mil paraules»? Doncs aquí en tens una.

I vaig adjuntar una fotografia. Aquella de finals del curs passat. No he canviat pas tant. A la foto no se'm veuen gaire les dents de conill i encara porto els cabells llargs. Per això la vaig triar. A més, m'havia posat aquell jersei negre que em fa semblar més gran i que té un escot sexi.

El cor m'anava a mil per hora mentre pensava que l'estava mirant. La resposta va arribar de seguida.

Xènia, ets preciosa. Sembles més gran. Em sap greu, jo no tinc cap foto per enviar-te, però miraré de buscar-ne una. Em sento afortunat des que parlo amb tu. Gràcies, gràcies de debò.

Heu pensat mai quant de temps ens cal per enamorar-nos? Un segon? Cinc minuts? Dues hores? Un dia? Una setmana?

Totes les respostes són correctes.

4

Sóc força observadora. Vaig fixar-me, per exemple, que el Marcel solia respondre els missatges de quatre a cinc de la tarda els dilluns, dimecres i divendres. Molt de tant en tant escrivia al matí. Però mai en dimarts, dijous ni caps de setmana. Vaig pensar que m'escrivia des de la feina i que potser no li estava permès fer anar l'ordinador per a assumptes personals; per això sempre feia missatges tan curts, per no posar-se en cap embolic.

Quan coneixes una persona per Internet, tot allò que no saps t'ho imagines. Per això sempre t'equivoques.

Potser si n'hagués parlat amb algú, m'haurien ajudat a veure-ho clar, a adonar-me que tot allò era una bogeria. Però la meva única amiga era la Sandra i no passàvem per un bon moment. A mi em semblava que ella estava estranya des que havia començat a sortir amb aquell noi universitari, com si ell l'estigués fent canviar. O potser em feien una mica d'enveja. El cas és que no vaig dir res a ningú.

Dos dies després que li enviés la foto, el Marcel me'n va demanar una altra. Vaig ser molt dura amb ell:

No te n'enviaré cap més fins que me n'enviïs una de teva.

Va funcionar. Quan vaig rebre un correu electrònic amb un document adjunt, se'm van disparar els batecs del cor. La mare corria per la cuina, però vaig obrir-lo igualment. No podia esperar-me ni un segon. Al davant, el treball de literatura. Al darrere, a punt per amagar-la si la mare s'apropava massa, la foto que em delia per mirar.

Me l'havia imaginat tantes vegades que vaig obrir la foto amb tanta por com neguit. I si no era com jo em pensava? I si era horrorós?

Durant uns segons, crec que em vaig oblidar de respirar. De vegades la vida s'atura. Només uns segons sense cap mena de moviment. És com si el món emmudís per subratllar allò que de debò és important. Després, tot torna a sonar amb més força. El meu cor com un timbal. Pom, pom; pom, pom.

A la pantalla, un noi de cos sencer, vestit com si anés a practicar judo: pantalons blancs, camisa blanca, cinturó negre. No en sabia res, d'arts marcials, però vaig endevinar que aquell color del cinturó volia dir que tenia nivell. Era prim, tenia els cabells foscos una mica rinxolats i els ulls... —vaig engrandir la imatge— potser blaus o potser verds. Semblava alt. Somreia. Feia cara de bona persona. Al darrere seu, s'hi veien les instal·lacions d'un gimnàs.

Vaig respondre:

Fas judo?

La resposta aquest cop va arribar de seguida —eren tres quarts de cinc— i em va fer somriure:

Taekwondo. Saps què és?

Si fa no fa. Ets cinturó negre... o només estava brut?

Hahahaha! Molt bo! Cinturó negre. Primer Dan.

Què és això de Dan?

Un nivell. Vol dir que sóc bo.

M'hauràs d'explicar què has fet per aconseguir-lo, d'acord? Potser quan ens veiem?

Vaig escriure aquesta frase sense pensar. De vegades, tothom fa alguna bestiesa. Fins i tot la gent més assenyada (o que es pensa que ho és). Fins i tot la setciències de la classe. Hi havia pensat molt, és clar. Volia tenir-lo al davant, mirar-lo i que em mirés. Des d'abans de la foto. M'hauria estat igual que fos lleig. Però ara que sabia com era, encara més. Esperava que ho digués ell primer, però com que no ho va fer, vaig tirar pel dret. Jo també sóc ben boja, de vegades. I abans que tingués temps de respondre'm, vaig pensar que hi havia un parell de coses que volia dir-li.

Escolta, m'agrades molt. Vull dir que la teva foto m'ha agradat molt i m'ha acabat de decidir. Ja sé que per correu electrònic no pots escriure gaire i, a més, no és manera. No trobes que si quedéssim per prendre alguna cosa podríem parlar de tot? És un mètode encara més antic que escriure'ns! No et fa il·lusió? Va, digues quan i on!

Vaig prémer «Envia», i només de fer-ho, vaig començar a penedir-me d'haver estat tan directa. No us passa que de vegades un sisè sentit, diguem-ne intuïció, us avisa que les coses no aniran bé?

Doncs jo vaig sentir el meu sisè sentit emetent tocs d'alarma a volum màxim.

Ning, tens un correu sense llegir.

Tant se val la foto. Jo el que vull saber és si t'agrado per dins. L'important no es veu amb els ulls, ho sabies? De tu m'agrada molt més el que no es veu, el que hi ha dins. I això que em sembles superguapa.

No m'esperava aquella resposta. Era com

si no hagués llegit res del que jo li havia escrit. Pitjor: era com si tirés pilotes fora. Vaig contestar:

És clar que m'agrades per dins, però per fora també. Has llegit els meus dos correus anteriors? Vols quedar o no?

Sóc una impacient, ja ho sé. La mare ja m'ho diu: «Algun dia, les teves presses et donaran algun disgust, Xènia. Has d'aprendre que no es pot voler tot per ara mateix, filla».

Tot i ara mateix. Per què esperar? Aquesta és la meva filosofia de la vida. Està clar que no era la del Marcel.

La seva resposta va ser com un gerro d'aigua freda:

No. Encara no. Algun dia t'ho explicaré.

Dec ser una bleda, però aquell missatge em va fer venir ganes de plorar. El Marcel no em volia conèixer, no compartia la meva urgència, no sentia el mateix que jo. Vaig comprendre que m'havia equivocat, que havia fet el ridícul.

La meva resposta:

Ja ho entenc, no et preocupis. Em pensava que t'agradava com tu m'agrades a mi, però ja veig que he anat massa de pressa. No passa res. Ho sento, no et volia fer sentir malament. M'ha agradat molt conèixer-te, Marcel López. Ja et deixo tranquil. Un petó.

Envia. Enviant missatge. Missatge enviat.
El cor a mil per hora.
Vaig comptar els segons. En van ser catorze.

Espera. Si us plau, espera.

Cinc paraules que no volien dir res. O sí? Què havia d'esperar? Eren les cinc. Alguna cosa em deia que ja no tornaria a rebre cap més correu del Marcel fins l'endemà.

Aquest cop em vaig equivocar. A quarts de set va entrar un missatge nou. Un de llarg, que no semblava d'ell.

Xènia, no t'escric aquest correu per pregar-te res. No n'hi tinc, de traça, per pregar.

Però vull que sàpigues que en aquests darrers dies has estat molt important per a mi. El més important de tota la meva vida, de fet. A mi també m'agrades molt, i dir-ho d'aquesta manera em penso que és quedar-me bastant curt. Mai no havia sentit res semblant. Diria que m'he enamorat de tu, i tot plegat és molt sorprenent. Vaig imprimir la teva foto i la tinc penjada en un suro al costat del meu llit. Penso en tu des que em llevo fins que me'n vaig a dormir. Desitjo conèixer-te, però ara m'és impossible. T'estimo. Uf, és estrany escriure-ho. Però és la veritat. Volia que ho sabessis. Ara, si vols desaparèixer de la meva vida, ho pots fer igualment. Jo et recordaré semp

El missatge acabava així. De cop, a mig escriure una paraula. Com si s'hagués enviat per error.

Em vaig esperar una mica, a veure si n'entrava un altre, però no. Mitja hora després, li vaig escriure jo.

No penso desaparèixer de la teva vida. Però hi ha un munt de coses que no entenc i que voldria preguntar-te. Tant se val, deu ser que m'agraden els paios misteriosos. Com Salinger, recordes?

No va tornar a respondre aquella tarda —era dimecres—, ni l'endemà, ni divendres. Ni durant el cap de setmana.

No sé quantes vegades vaig consultar el correu aquells dies, ni quantes vaig haver de sentir de boca de la mare la mateixa maleïda pregunta: «Es pot saber què redimonis et passa, nina?».

No, no es podia saber. La mare no ho hauria entès.

Això era el que em passava: trobava a faltar el Marcel més que mai a ningú. Em sentia ridícula per estar penjada d'un fantasma. Em feia por que pogués desaparèixer per sempre de la meva vida. No entenia quin era el seu problema, però estava clar que en tenia algun i jo em moria de ganes d'ajudar-lo. No podia fer res per estalviar-me allò que m'estava passant. Només podia esperar i esperar i esperar.

Esperar. Vet aquí la paraula que més odio de totes les del diccionari.

5

Dilluns no em vaig poder esperar més. Només tenia dues pistes escarransides, però n'hi havia prou per començar. L'una era el nom de l'institut. L'altra, la foto.

Vaig començar pel que semblava més fàcil.

IES Ricard Salvat. Parada de metro més propera: Gornal. Línia 8. Feien jornada intensiva. Perfecte. Així hi podia anar després d'acabar les classes del matí i abans de començar les de la tarda (vet aquí l'únic avantatge que he vist fins ara a estudiar en un concertat). A la mare li vaig dir que m'havia de quedar a dinar al *col·le* per acabar un treball d'Anglès. Per evitar problemes, vaig afegir:

—Recorda que no em pots trucar, perquè a la biblioteca hem de tenir el mòbil en silenci.

(De vegades la mare no se'n recorda, d'aquestes normes absurdes de l'escola, i després m'esbronca perquè no li agafo la trucada. Però és que a l'escola també m'esbronquen, precisament perquè em sona el telèfon.)

Em vaig sentir terriblement fastigosa per explicar totes aquestes mentides a la mare, però la causa s'ho valia. O a mi m'ho semblava, en aquell moment. El pitjor de fer les coses malament no és trobar la manera de dir-les als altres, sinó justificar-les davant de tu mateixa.

L'Institut Ricard Salvat era en un carrer petit, per on no passaven cotxes, a tocar d'una escola de Primària. Hi vaig arribar gairebé a l'hora de plegar. Vaig anar directament cap a secretaria i vaig preguntar per Marcel López.

La noia que hi havia a l'altra banda semblava una mica distreta.

—Qui?

—Marcel López.

—És un professor?

—No. Un alumne.

—No em sona —va fer—. Quin curs?

—Primer de Batxillerat.

—Deixa'm que ho comprovi.

Va treure un full d'una carpeta i va mirar una

llista. Va trigar una estona, perquè mentre ho feia va haver de respondre tres cops al telèfon, fer dues fotocòpies i escoltar alguna cosa urgent que li havia de dir una professora. Després es va girar cap a mi i em va dir:

—No hi ha cap alumne que es digui així. N'estàs segura, que estudia aquí?

—I tant —vaig fer.

—Espera't un moment, ho preguntarem al director. Ell t'ho sabrà dir segur.

Mentre m'esperava vaig fer un cop d'ull al passadís. Era ple d'aquelles fotografies tan típiques d'últim curs, en què tots els alumnes semblen babaus i tots els mestres semblen molt orgullosos. Durant una estona, vaig buscar el Marcel per les fotografies, convençuda que el trobaria i que el sabria conèixer.

Malgrat que mai no ens havíem vist, tenia la impressió que el coneixia de tota la vida.

—M'han dit que em buscaves... —va fer el director.

Era un home de cabells negres, pell molt blanca, que somreia tota l'estona. Em va semblar molt simpàtic. Li vaig explicar que estava buscant un alumne del centre.

—Marcel López, de Batxillerat.

—No és d'aquesta escola —va respondre, rotund, movent el cap.

—Potser fa un altre curs... —vaig arriscar, pensant que potser el Marcel era repetidor i no havia gosat dir-m'ho.

—No, no. Conec tots els alumnes. Aquest centre no és gaire gran. No hi ha cap Marcel López, aquí. Puc saber per què el busques?

—Em va dir que estudiava en aquest *insti.*

El director movia el cap i serrava les dents, com si li sabés greu. Jo no perdia l'esperança. Ja ho diu la mare, que sóc cabuda rematada.

—És alt, morè, prim. Fa taekwondo. És cinturó negre —vaig dir.

—Cinturó negre de taekwondo? —va saltar—. No, no, de segur que no estudia aquí. Si ho fes, jo sabria qui és —i llavors va abaixar la veu, com si m'expliqués un secret—: Jo sóc cinturó blau. De moment.

Li vaig donar les gràcies. Encara vaig continuar una estona més mirant les fotografies de les parets, com si esperés un miracle.

No passen sovint, els miracles.

Després, vaig tornar cap al metro. No entenia

res. Per què el Marcel havia posat a la fitxa de la biblioteca que estudiava en aquest institut, si no era veritat?

De segur que hi havia algun motiu, que jo ara no entenia. De segur que si li ho preguntava, m'ho explicaria i les seves paraules m'ho farien veure tot clar un altre cop. El problema era trobar la manera de preguntar-li-ho. Per fer-ho, li havia de confessar que l'havia anat a buscar i això, és clar, no era tan fàcil.

Aquell dia no vaig dinar. En part, perquè no vaig tenir temps. Quan vaig tornar a l'escola, després de la meva excursió, el menjador ja era tancat i només faltaven vint minuts per començar les classes de la tarda.

Al vespre, la mare em va preguntar què hi havia hagut de menú, al menjador de l'escola. M'ho vaig haver d'inventar:

—Llenties, pollastre i fruita —vaig dir, molt convincent.

La mare no va sospitar res.

6

Encara hi havia un altre lloc on volia buscar el Marcel. Aquest cop va ser una mica més difícil. Només tenia aquella foto del gimnàs que m'havia enviat. Al fons s'hi veia una mena de graderia, un parell de persones i un tros de paret amb un rètol que no es llegia del tot. La part visible eren només quatre lletres: «m Chi». Ben poca cosa.

Les recerques per Internet, que vaig fer els dos dies següents, no em van servir de res. No hi havia cap gimnàs d'arts marcials en tot Barcelona que es digués «m Chi». O jo no el vaig saber trobar, almenys.

No sé com vaig acabar en una pàgina que explicava tot de coses del taekwondo. Des del seu origen a Corea del Sud fa poc més de cinquanta anys fins a la seva filosofia, basada en tres principis molt importants: la cortesia o *Ye Ui*; la constància —*In Nae*— i la integritat, que en coreà es diu *Yom Chi*.

—Què fas, Xènia? Què apuntes? —va preguntar la mare, apareixent de sobte al darrere meu, just en el moment que jo acabava de fer el gran descobriment.

—No res. Un treball per a la classe d'Educació Física.

—Un treball sobre què? —va preguntar ella, mentre batia els ous.

—Filosofia de les arts marcials —vaig respondre.

—Ah, mira...

La mare va dir «ah, mira». Si hagués dit «que interessant» o «que divertit», hauria estat molt pitjor, perquè segurament llavors hauria vingut a tafanejar. Però aquella resposta volia dir que no li interessava realment, el que jo havia de fer. Perfecte.

Mentre vigilava la mare de cua d'ull, vaig tornar a fer la recerca i aquest cop vaig escriure bé la paraula misteriosa: «gimnàs+arts marcials+Yom Chi». Potser tenia sort i la meva intuïció era correcta.

Van aparèixer uns quants resultats, amb fotos i adreces. La mare acabava de tirar els ous a la paella. Això volia dir que en cinc segons diria allò de sempre. No falla mai. Cinc... quatre... tres... dos... u...

—A parar taula! El sopar és a punt!

I tot seguit el pare diria:

—Xènia, tanca l'ordinador i ajuda'm a parar taula.

Vaig tancar l'ordinador. Després de sopar no puc fer-lo servir. Els pares són molt estrictes amb les hores d'anar a dormir perquè...

—Les hores de son són molt importants, Xènia. Durant la nit el cervell recupera totes les energies que ha gastat. Si no dorms, no faràs res de bo.

Mentre sopàvem, vaig recordar una cosa horrible: havia estat tan capficada a trobar el gimnàs que no m'havia recordat de connectar-me al correu electrònic. Era possible? Que ruca, que ruca, que ruca! I si el Marcel m'havia contestat? M'havia obsessionat amb les meves investigacions detectivesques i havia oblidat el més important.

—Necessito mirar una cosa a l'ordinador.

És molt urgent —vaig dir, com si ho acabés de recordar—. És per demà!

La mare va arrufar el nas.

—No, no, de cap manera! Ho hauries d'haver mirat abans, nina —va dir, mastegant tranquil·lament el remenat de carbassó.

—Serà només un moment —vaig insistir, per convèncer-los.

No sé ni per què ho intento. La mare mai no canvia una norma quan pensa que és important. Va fer que no amb el cap abans de dir:

—Has tingut molta estona per mirar-ho abans de sopar. Ja saps que quan és que no, és que no. I punt. I no penso discutir amb tu.

Si un dia faig una llista de les deu frases més odioses que diu la mare, aquestes dues ocuparan els primers llocs, n'estic segura. «Quan dic que no és que no» i «no penso discutir amb tu». Ara que ho penso, potser les deu frases més odioses n'haurien de ser quinze. O vint. O...

Vaig estar una mica de morros fins a l'hora d'anar a dormir. Cinc minuts abans de dos quarts d'onze, com sempre, el pare va dir:

—Al llit, Xènia.

Coneixeu algú de 16 anys que vagi a dormir a quarts d'onze? Doncs ara sí. Jo.

Les hores de son són importantíssimes, però la mare no compta que de vegades hi ha coses que no et deixen dormir. Aquella nit vaig fer voltes i més voltes al llit. No podia deixar de pensar en tot el que havia passat: l'institut on no sabien res del Marcel, el gimnàs d'arts marcials, el correu electrònic que potser esperava a la meva safata d'entrada... Si hagués tingut el meu mòbil, hauria sabut que la Sandra també estava amoïnada, però per un motiu ben diferent. Hauria vist el seu missatge, enviat a tres quarts i cinc d'onze:

Encara estic estudiant i em penso que no m'ho sé gens. Tu com ho portes? No trobes que algú hauria de fer un favor a la humanitat i prohibir la Filosofia?

Millor no haver-lo vist, ara que ho penso.

7

Vaig veure el missatge de la Sandra quan ja era al cotxe amb el pare, camí del *col·le*. L'examen era a primera hora. Va ser el més desastrós de la meva vida.

Dues preguntes:

1) Diferències entre les teories evolucionistes de Darwin i Lamarck.

2) Relaciona i analitza els conceptes de llibertat i responsabilitat.

La primera encara em sonava una mica però, de la segona, no en tenia ni idea. Vaig quedar-me completament en blanc. Un autèntic desastre.

Més valia no pensar-hi, però, perquè tenia coses a fer. Havia dit a la mare que encara no havíem acabat el treball d'Anglès i que em quedava a dinar a l'escola un altre cop.

—Està bé, així aprofito per anar a la perruqueria —va dir la mare, molt pràctica.

Just en acabar les classes, vaig entrar a l'aula d'informàtica. Ja era dijous, i els dijous ens deixen accedir als ordinadors. Primer de tot vaig córrer a obrir el meu correu electrònic. Hi havia un missatge. El Marcel l'havia escrit el dia abans, a les 16:23. Tan curt com de costum.

Perdona que hagi desaparegut aquests dies. No m'he pogut connectar. T'he trobat a faltar.

Vaig prémer el botó «Respon».

Jo també. Estava preocupada per tu. T'ha passat alguna cosa?

No volia explicar-li res del que portava de cap. Estava nerviosa quan vaig tancar el correu electrònic i vaig obrir el cercador. Com una nena a punt de fer una malifeta. Un altre cop vaig escriure els criteris de recerca del gimnàs: «gimnàs+arts marcials+Yom Chi» i vaig prémer la icona que sembla una lupa.

Cercar.

Més de catorze mil resultats.

Però el que jo volia era en primer lloc. Escola d'Arts Marcials Yom Chi. Judo, aikido, *ju-jitsu,* karate, taekwondo. On som? Qui som? Coneix els nostres professors.

Bufar i fer ampolles. Vaig fer un tomb virtual força entretingut. Em va sorprendre trobar el Marcel entre les fotos dels mestres. A més, quina casualitat!, la foto del web era la mateixa que ell m'havia enviat, l'única que jo coneixia: el Marcel amb pantalons blancs, camisa blanca i cinturó negre, de peu dret i de cos sencer.

A sota, vaig llegir: Marcel López, cinturó negre, primer DAN. Professor de l'escola infantil de taekwondo (6-10 anys).

Vaig somriure. No m'ho havia dit, el Marcel, que feia classes a nens petits. Em va fer gràcia. Vaig prémer la pestanya «On som». Vaig apuntar l'adreça. El Prat de Llobregat, avinguda de l'Onze de Setembre. Amb una mica de sort hi podia ser abans d'una hora. Vaig seguir les instruccions que facilitava la pàgina, apartat: «Com arribar». Havia d'anar fins a l'estació de Passeig de Gràcia i agafar el tren de rodalia (direcció Sant Vicenç de Calders o Vilanova i la Geltrú). M'ho vaig apuntar tot, per no deixar-me res. Vaig calcular quant de temps necessitava i vaig adonar-me que potser no arribaria a temps a les classes de la tarda.

Tant se valia. Ja trobaria una excusa o altra. Igualment, el trimestre començava a estar perdut sense remei. Faltaven onze dies per a les notes. Onze dies abans no esclatés a casa la bomba atòmica.

Vaig tancar l'ordinador. Les portes de l'escola encara eren obertes. Per no aixecar sospites, no havia comprat el tiquet de menjador. Vaig sortir sense entrebancs, directa cap al metro. Cinc estacions sense transbordament, fins a Passeig de Gràcia. Un tren direcció Sant Vicenç de Calders. Setze minuts de viatge.

Fins aquell dia només havia estat al Prat de Llobregat per anar a l'aeroport. Vaig preguntar on era el carrer que buscava. No quedava gens a prop de l'estació.

—Coneixes la zona dels 801 habitatges? —em va preguntar la senyora que mirava d'indicar-me.

Vaig fer que no i em va donar tot d'instruccions per arribar-hi. Havia d'agafar dos autobusos urbans. Era complicat.

Vaig estimar-me més anar-hi a peu, caminant a bon pas. Em penso que vaig travessar tota la ciutat, abans de trobar l'avinguda de l'Onze de Setembre. Va ser com una gran aventura. No semblava gaire segur, aquell barri. Tenia la impressió que tothom em mirava, com si sabessin que no era d'allà i m'estiguessin vigilant.

El gimnàs estava tancat, però a la porta hi havia un rètol que deia «Horari: de 16:00 a 23:00 h».

Ara només calia esperar.

Esperar. Heu comptat mai quant de temps de la vostra vida perdeu esperant alguna cosa?

Vaig entrar en un bar i vaig gastar-me els diners del dinar en un entrepà i un refresc. Les persones que hi havia —uns sis o set homes grans— em miraven encuriosits. A la tele feien les notícies en castellà. Vaig fer veure que les mirava mentre pensava, amb emoció, que potser estava a punt de conèixer l'amor de la meva vida.

L'entrepà ni el vaig tocar.

8

Un home gran i baixet va obrir el gimnàs a les quatre tocades. Vaig anar cap allà de seguida. La porta es va obrir amb un so de campanetes d'allò més alegre. Vaig trobar l'home darrere un taulell, al vestíbul.

—Busco Marcel López —vaig anunciar, amb un fil de veu, tement una resposta que no m'agradés.

—El Marcel? Sempre arriba cap a dos quarts —va respondre l'home, mentre endreçava les claus i encenia els llums—. És per una inscripció? Ara no admetem cap alumne nou.

—No, no, no vull inscriure'm —vaig fer.

—Ah, d'acord.

—Puc esperar-lo aquí? —amb prou feines em sortien les paraules.

Va assentir amb el cap i va desaparèixer dins d'una habitació que semblava un despatx.

No podia creure que l'havia trobat. Estava a punt de conèixer-lo. S'enduria una sorpresa impressionant! Què faria quan em veiés? Quines serien les seves primeres paraules de viva veu? Què faria, jo, en el seu lloc? El millor de tot era que per fi podríem parlar sense entrebancs. Potser podria fer una pausa i anar amb mi al bar del davant. No era un lloc gaire romàntic però tant se valia. Amb ell, fins i tot un abocador seria romàntic. Ens havíem d'explicar un munt de coses!

Em vaig entretenir una mica mirant els trofeus exposats en una vitrina. N'hi havia un parell que els havia guanyat el Marcel; portaven el seu nom escrit a la plaqueta daurada. A les fotografies també hi era, al costat dels seus alumnes, els petits *taekwondistes,* tots vestits d'uniforme. Fins i tot vaig trobar un retall de diari, emmarcat al costat de la vitrina, que deia: «El taekwondo pratenc puja de categoria». A la foto hi sortia el Marcel al costat del senyor petit i vell que m'havia obert la porta. Vaig pensar que aquell home devia ser el propietari del gimnàs.

Mai mitja hora no m'ha passat més a poc a poc. Se'm va fer eterna. Cada cop que sentia veus o passes al carrer se m'accelerava el cor. No parava de mirar cap a la porta. Tenia les mans entresuades, la boca seca i les emocions totes embolicades. A estones pensava que no apareixeria i a estones, que ja era allà.

L'amor ens fa tornar uns enzes. Uns caps de suro que no pensen bé ni s'adonen de res. El problema és que ningú ho veu mentre dura.

De cop es va obrir la porta. Era ell. Més alt del que m'havia imaginat, amb els cabells una mica més curts que a la foto. Tenia els ulls verds i semblava més gran. El cor em bategava tan fort que no podia parlar. Tant se valia, però. Per què les volia, ara, les paraules? Així que em veiés em reconeixeria. No havia canviat pas tant, des de la foto aquella del curs passat que li havia enviat. Portava els cabells més curts, això sí. Vaig mirar de no ensenyar les dents de conill. Estava segura que es tornaria boig de la sorpresa. Què faria, no m'ho podia ni imaginar.

Així doncs, vaig palplantar-me enmig del vestíbul i me'l vaig quedar mirant fixament. Em delia perquè em mirés. Em moria del neguit!

Vet aquí un d'aquells moments que el món s'alenteix. Un parell de pupil·les verdes que giren de cop i es fixen en tu. Un cor que s'atura perquè per fi ha arribat allò que més desitja. El silenci del món tot esperant que passi alguna cosa.

Les pupil·les que passen de llarg, com si no haguessin vist res, com si no em coneguessin. I jo que penso: «No pot ser. No m'ha vist». I dic:

—Hola? Marcel?

Llavors ell s'atura un altre cop i em mira millor, amb més atenció. «Ara sí que m'ha reconegut», penso. «A veure què fa».

Ell arrufa el front. Se m'acosta. Les seves nines de color verd clar fixes en les meves. Penso que potser vol fer-me un petó. El cor a mil. Llavors diu una cosa incomprensible:

—Hola. Que ens coneixem?

No ho puc entendre. És ell! Què li passa? Per què fa veure que no sap qui...?

—Sóc la Xènia —li dic, tan emocionada que gairebé em costa respirar.

—Xènia? —es queda pensarós, amb un somriure encantador i una mica neguitós. Des que ha entrat que m'he fixat que té uns llavis molt bonics, que fan venir ganes de...—. Perdona'm, tia, m'he quedat en blanc. De què ens coneixem, exactament?

—Salinger? —faig jo, no sé per què.

Potser perquè em sembla que pronunciar en veu alta el nom de l'escriptor estrany trencarà el malefici i li retornarà la memòria. Els records de com va començar aquesta història petita i poca-solta com totes. Però ell fa cara de sorpresa:

—Com? Què vols dir? —pregunta, i arruga el front d'una manera lletja.

Mai dues preguntes més innocents m'han sabut tan greu. Els ulls se m'omplen de llàgrimes i sento com si tot el món es cobrís d'una boira fosca, espessa, enganxosa. Una boira de la qual vull escapar i no puc.

Malgrat tot, em surten de dins unes paraules que no semblen meves:

—No res.

Entenc que el millor que puc fer és marxar. Camino cap a la porta, l'obro. Ara el soroll de les campanetes ja no em sembla alegre. Sento la veu del Marcel que mira d'aturar-me:

—Espera't un moment, no te'n vagis.

Però jo no vull escoltar res. Arrenco a córrer pel carrer, fins a una parada d'autobús. Malauradament no en ve cap en aquest moment. M'espero. Agafaré el primer que passi. Vagi on vagi m'estarà bé. No vull que ningú em vegi plorar. No entenc què passa. Res és com jo m'imaginava, com jo volia que fos.

Els homes del bar han sortit al carrer i em miren, encara més encuriosits que abans. Deuen pensar que sóc una noia d'allò més estranya.

Per alguna estranya raó, mentre faig esforços per no plorar, em fixo que el bar es diu Carmen. Un nom de dona per a un bar tot ple d'homes. És curiós.

9

—Espera't. Xènia! Espera't un moment!

La veu del Marcel em persegueix. No ho estic somniant. És ell. Però al mateix temps no ho és.

Per fora i per dins. Va ser ell qui va dir que és més important com som per dins que no per fora. Potser té alguna cosa a veure amb tot això? No puc pensar clar. Però alhora algun instint m'avisa del desastre.

S'atura davant meu amb les mans a la cintura. Ara veig alguna cosa en ell que em desagrada.

—M'ho pots explicar? —fa—. De què va, això, nena?

No m'agrada com em parla. No m'agrada res del que està passant.

—M'han enredat. He estat parlant amb algú que s'ha fet passar per tu —li dic—. Va enviar-me la teva foto, la que surt al web del gimnàs. Però és evident que no eres tu. Ho sento.

Em costa estar davant seu i no posar-me nerviosa malgrat que sé que ell no és ell.

Què som, les persones, més enllà del que es veu per fora? De què ens enamorem quan ens enamorem?

—T'han enredat..., com?

—Per Internet.

—Per Internet? Ho dius de debò?

No tinc ganes de donar explicacions.

—Ja ho veus —faig.

—Ostres, nena, semblaves més llesta. T'has deixat prendre el pèl per Internet? No deus pas haver donar dades de targetes de crèdit o alguna cosa així?

Aquesta conversa no m'agrada. Me'n vull anar.

—És clar que no.

—I com és que has fet això? És perillós, parlar amb qualsevol per Internet, que no ho sabies? Et mereixes que t'hagin enganyat, per babaua.

L'última cosa que vull és que aquest Marcel de pega em fumi un sermó.

—Gràcies per animar-me. Me n'he d'anar —dic.

Em poso nerviosa. Mai una cosa no ha estat una veritat més gran: me n'he d'anar. No vull estar-me aquí ni un segon més. De cua d'ull em sembla que veig venir un autobús. M'hi fixo bé: sí. En ve un.

—Potser podríem quedar un altre dia —diu ell, i m'agafa pel braç.

—Més val que no.

—Quan et passi l'emprenyada, d'acord? Tens un *boli?* T'apunto el meu telèfon a la mà i em truques quan vulguis.

S'ha adonat que ve un autobús. No penso apuntar-me res a la mà! I encara menys, trucar-li. Només fa cinc minuts que parlem i ja em cau fatal.

—Daixò… —busca a les seves butxaques—. Tens un *boli,* nena?

—No em diguis *nena.*

Porto l'estoig de l'escola, ple de *bolis*, però no en penso treure cap. El bus ja és aquí. S'atura.

—Me'n vaig —repeteixo.

—No vols el meu telèfon? —pregunta, amb

un to sorprès, com si tothom volgués el seu telèfon. Deu estar acostumat que totes les noies li vagin al darrere. El molt presumit.

—Un altre dia —dic, i marxo.

Però ell em ve al darrere. Que pesat. Per un moment temo que pugi al bus, també, i que no em deixi tranquil·la. Ja s'han obert les portes quan pregunta:

—Què és això de *challenger* que has dit abans?

—*Challenger?*

—Sí. Ho has dit tu.

—*Chall...* Ah! Salinger! He dit Salinger.

—D'acord. I això què és?

—Un escriptor.

—Ah —sembla decebut—. No el conec.

—Ja es nota.

Es tanquen les portes. Estic salvada. Ell s'ha quedat a la parada, amb aquesta cara d'idiota que fa. Ara per fi s'adona que no m'apuntaré el seu telèfon. Què hi farem, la vida és dura. O potser ara ha entès això que li acabo de dir, i arrufa el front. Comença a cridar. Es posa vermell i se li marquen les venes del coll. Tanco els ulls per no veure'l, però el sento encara una estona més mentre l'autobús s'allunya carrer enllà. Els seus crits desafinats em persegueixen, com en un malson, cada cop més forts.

—Què vols dir? Què vol dir que es nota? Qui et penses que ets per parlar-me així, estúpida? Creguda de merda! Imbècil!

Però jo ja sóc fora d'allà. Mentre m'allunyo miro el barri, la seva gent, els nens pel carrer.

Em penso que no tornaré.

10

No va ser el millor dia de la meva vida, aquell. No tenia gana per sopar, però ho vaig fer per no preocupar els pares. Em va costar molt que em passés la crema de verdures i les dues salsitxes de pollastre.

—No tens gana, nina? —va preguntar la mare, amb una dolçor que encara em va fer sentir pitjor.

Els havia enganyat. Trauria unes notes horribles. Em sentia molt malament.

—És que no em trobo gaire bé —vaig dir (i era veritat).

La mare va posar-me la mà al front, va fer petar la llengua i va dir al pare:

—Aquesta nena té dècimes.

No valorem allò que tenim fins que no ho posem en perill. De vegades, fins que ho hem perdut. És una d'aquelles coses que demostren que les persones no som tan intel·ligents com ens pensem.

Aquell vespre, com més cura de mi tenia la mare, més culpable em sentia jo. Mai abans li havia dit mentides, i ara me'n penedia molt. Havia de fer alguna cosa com més aviat millor. Però, què? Com?

—Vés a dormir, reina. Potser demà t'hauries de quedar a casa i covar el que sigui que hagis agafat —va dir amb un somriure comprensiu i tendre, tot seguit em va fer un petó al front.

Vaig ficar-me al llit, però no vaig poder dormir. Només rumiava i rumiava. Com, què, quan? I em penedia d'haver estat tan ximple. Que no ho sabia, que a Internet la gent menteix? Qui devia ser, el paio que s'havia fet passar pel Marcel patètic del gimnàs de taekwondo? Algú encara més patètic, de segur. I per què? Què volia? Què n'havia tret, de la nostra relació a través del correu? Pensa, pensa, pensa…

Vaig tancar els ulls quan vaig veure l'escletxa de llum sota la porta i vaig sentir la veu dels pares a l'altra banda. Eren quarts de dotze. Ja feia més de dues hores que feia voltes al llit.

La mare va entrar, em va acotxar, va tornar a repetir aquell moviment que era un recordatori de la meva infància: la mà al front. Va fer-me un petó on abans havia posat la mà. Va murmurar, baix baixet:

—Descansa, nina. Demà et quedes a casa. Trucaré a l'escola i els diré que estàs empiocada.

Vaig obrir els ulls i vaig respondre.

—Gràcies, mama.

La mare de cap manera podia pensar per quantes coses li estava donant les gràcies.

—Bona nit, filla.

—Bona nit, mare.

I la porta es va tancar a poc a poc, com si fos el teló que cau al final d'una obra de teatre.

11

De: *Xènia Buch*
Per a: *HoldenCaulfield*
Assumpte: *Mentida*

Benvolgut Quisiguis,

No et mereixes que t'escrigui, però malgrat tot, ho faig. No sóc de la mena de persones que marxa sense donar explicacions. Ja t'aviso que les meves explicacions, però, no t'agradaran. Si vols parar de llegir aquí, encara hi ets a temps.

Tot és mentida. No vas a l'Institut Ricard Salvat. Allà no coneixen cap Marcel López. No n'hi ha cap en tota la Secundària, ni tampoc a Batxillerat. Al gimnàs Yom Chi, en canvi, sí que saben qui ets. El problema és que no ets tu. Marcel López és un idiota que mai no ha sentit parlar de Salinger ni crec que hagi obert un llibre en tota la seva vida. Per si vols saber com ho sé, t'ho explicaré: vaig anar a buscar-te. Necessitava conèixer-te. Estava boja per tu. No podia aguantar ni cinc minuts més sense mirar-te als ulls.

Mirar-te als ulls.

Tinc una curiositat. Per a tu és fàcil, dir mentides? Suposo que això depèn de la persona que t'escolta, oi? Hi ha gent que creu qualsevol cosa, com jo. He estat una imbècil. M'ho he empassat tot, sense dubtar res. Estava enamorada. Quan estàs enamorat, diuen, és com si t'haguessis tornat una mica boig. No veus les coses com són, sinó com t'agradaria que fossin. Jo era en un núvol, però he caigut de cop.

Et pregunto això de les mentides perquè jo no n'havia dit mai cap. Mai no se m'havia acudit enredar els pares. Vaja, tots en diem, de petites mentides, oi? Quan la teva mare surt amb un vestit nou que li queda molt malament, i tu li dius que està molt guapa és una mentida. Ningú no podria viure escoltant tota la veritat, diuen. Però jo no parlo d'això. Parlo de mentides de debò. Coses importants. Per exemple: dir que has de fer un treball per poder connectar-te a Internet i córrer com una esperitada cap al correu electrònic. Per exemple: dir que t'has quedat a dinar a l'escola quan no ho has fet. Per exemple: dir que un examen t'ha anat bé quan ha estat un desastre.

Per culpa teva, tot ha estat un desastre. No, no, perdona. Corregeixo: la culpa és només meva. Mai no t'hauria d'haver cregut, mai no hauria d'haver acceptat parlar amb tu per correu electrònic. Si és que es veu d'una hora lluny que amagues alguna cosa! No sé com no me n'he adonat fins ara. L'amor et posa una bena als ulls.

No sé què faig escrivint-te una carta tan llarga. No espero resposta. No en vull, de resposta. Per a què? Perquè m'enviïs dues ratlles, com sempre? No, gràcies. Te les pots confitar, les dues ratlles. I tota la resta, també. Suposo que encara escric perquè no t'he dit l'única cosa que volia dir-te: T'ODIO. Ets la pitjor persona que he conegut mai. M'has trencat el cor en mil bocins. D'això sí que en tens tota la culpa. Tu i les teves mentides.

I ara ja em puc acomiadar.

Adéu, Quisiguis. Fins mai.

Xènia Buch

12

Vaig tornar a classe l'endemà. Just a temps per rebre les notes de l'examen de Filosofia. Un 1,5. El meu rècord absolut (i parlo de tota la meva vida!).

—Què t'ha passat, Xènia? Com és que has tret tan mala nota? —va preguntar el professor, en donar-me l'examen.

—He estat una mica distreta aquests dies —vaig respondre—, però ara ho corregiré.

—A veure si és veritat —va fer ell, mentre continuava repartint els exàmens.

També vaig batre el rècord de la classe: cap nota més baixa que la meva. No m'havia passat mai. Quina vergonya. Ni la Sandra se'n sabia avenir.

Aquell vespre vaig continuar amb els plans que m'havia fet. Només d'arribar a casa, vaig entrar a la cambra dels pares i vaig anunciar:

—He de parlar amb vosaltres.

La cara de la mare era tot un poema quan va dir:

—Passa res, filla?

—Us he de dir una cosa —vaig respondre jo, més seriosa que mai.

Van seure al llit, l'un al costat de l'altre, davant meu. Jo vaig seure a l'espona, en una cadira. Em va semblar que feien cara d'espantats. Com de persona que està a punt de rebre una esbroncada. Era com si s'haguéssim canviat els papers.

—Digues, Xènia, per l'amor de Déu —va fer la mare.

—Demà em donaran les notes de l'avaluació —vaig explicar—. Seran un desastre. Les pitjors de tota la meva vida. Us ho volia dir abans que les veieu. Em sap molt greu que les coses hagin anat així.

Es van mirar, em van mirar. Estaven en silenci, com si esperessin alguna cosa més. Alguna cosa més dolenta que allò que acabaven de sentir. Vaig continuar:

—Suposo que voleu saber per què m'ha

passat, això, oi? —tots dos van fer que sí amb el cap i jo vaig anar directament al gra—: M'he passat els últims trenta-cinc dies pensant en una altra cosa i no he estat per allò que és important. I també us he enganyat —començàvem la part més difícil—. Us he dit que em quedava al menjador i no era veritat.

—I això, per què, nina? —va preguntar la mare, en un to tan neutre que costava de creure.

—Em vaig enamorar. O vaig penjar-me d'algú. Per Internet. He passat unes setmanes sense poder pensar en res més.

Parlar en passat m'anava bé. Parlava com si tot estigués oblidat. A qui volia enganyar?

Tots dos van arrufar els llavis alhora. Mira que t'ho havíem dit vegades, em dirien; mira que n'havíem arribat a parlar, dels perills d'Internet; mira que... I jo semblava tan assenyada, semblava que ho entenia. Ara s'adonarien que tenien una filla tan pàmfila com les altres i que no podien refiar-se de mi.

Sabia perfectament tot el que m'anaven a dir abans no badessin boca. Suposo que a tots els fills els passa el mateix amb els seus pares, oi? Els coneixes de fa tant temps que saps tot el que faran en cada moment.

Però no va passar res. I això que els ho vaig explicar tot: com havia conegut el Marcel (o com es digués), com havíem parlat durant setmanes mitjançant el correu electrònic i com tot d'un plegat havia decidit buscar-lo. Els vaig parlar de l'institut, del gimnàs, fins i tot del *mail* final. I vaig arribar a les meves pròpies conclusions, que també vaig dir:

—Em sento la més imbècil de l'univers. Sabia que podia passar, però pensava que a mi no em passaria mai.

—Això és el que sol pensar tothom —va fer el pare.

Quan vaig haver acabat, van romandre en silenci durant uns segons —el món a l'aguait—, es van mirar i llavors la mare va tornar al començament.

—Com ho arreglaràs, això de les notes?

—Estudiaré de valent. Tinc les recuperacions. Puc fer-ho.

—T'hi jugues molt, ja ho saps —va dir ella.

—Sí.

Encara faltava la conclusió dels pares, ho

sabia prou bé. Estava preparada per un bon discurset, que m'havia merescut. En comptes d'això, la mare va preguntar.

—Estàs bé, nina?

Nina. La mare només em diu *nina* quan tot va bé. Per què m'ho deia, en aquell moment? Que no estava enfadada amb mi? Com estava, exactament, la mare?

—Sí —vaig mentir.

Per dins estava desfeta. Però alguna cosa em deia que la mare ja s'ho imaginava.

—Et podria haver passat alguna cosa dolenta de debò —va dir.

—Ja ho sé.

Però vaig pensar: «Ja m'ha passat una cosa dolenta de debò, mare, m'han trencat el cor en mil bocins».

—Has estat valenta i noble dient-nos les coses d'aquesta manera. I la resta... —va fer una pausa, va arrufar les celles—. Hauràs d'estudiar molt. Tu t'ho has buscat.

—Sí.

—Doncs ja està. Em penso que has après la lliçó, oi?

—Sí.

—A veure si és veritat.

La mare es va aixecar. El pare també. Estaven seriosos, com quan tornes d'un funeral o d'un dia molt dur a la feina. Tot era molt estrany.

—Au, va, posem-nos còmodes i anem a sopar —va dir el pare, si fa no fa com ho hauria dit qualsevol altre dia.

Llavors era veritat que la conversa s'havia acabat. No hi hauria discurset. Res de «ja t'ho vaig dir, jo...». Cap escena. Tinc uns pares ben imprevisibles, de vegades.

—Gràcies —vaig dir, ja amb el pom de la porta a la mà.

—Gràcies, de què? —va preguntar el pare.

—Per no fer-me sentir encara pitjor.

13

Al món hi ha científics decidits a estudiar qualsevol fotesa. Per exemple: quant duren els símptomes d'un enamorament. Quant de temps trigues a tornar a ser tu mateixa, deixar d'obsessionar-te, pensar amb normalitat, ocupar-te de les teves obligacions, ser la que eres abans.

No hi fa res que tu vulguis oblidar una persona, o que et maleeixis per continuar pensant en ell malgrat tot. Els símptomes no et pregunten què vols fer. Duren el mateix tant si els vols tenir com si no.

La malaltia greu que es diu «amor» dura tres mesos, segons diuen els científics. També diuen que un cop ha passat no deixa cap seqüela. Jo no hi estic d'acord. Quan un huracà de força cinc passa sobre la teva vida, res queda allà on era abans.

Jo sabia que havia canviat. Ara no era tan innocent. M'havien passat les ganes de conèixer ningú més. L'última cosa que volia del món era tornar-me a enamorar. M'havia fet una mica més antipàtica, una mica més malfiada. Suposo que havia començat a fer-me gran. Amb la Sandra les coses continuaven igual. O potser una mica pitjor, perquè ara jo em tancava en mi mateixa encara més que abans. I ella i el seu nòvio em feien encara més enveja que abans.

Em va costar molt recuperar la nota de Filosofia. Un 1,50 és com ser al darrer lloc de la graella de sortida, tot juga en contra teu. És un desastre i encara que faci mitjana amb un 10, continua sent un desastre. Vaig fer tres treballs voluntaris que em van fer guanyar mig punt cadascun. Però fins que vaig presentar-me al juny a pujar nota —de tot el curs—, no ho vaig aconseguir del tot. Al final, vaig treure un 7,75 i em va quedar un 8. No està gens malament, ateses les circumstàncies.

La pregunta sobre la responsabilitat i la llibertat va tornar a sortir a l'examen del juny. Responsabilitat: capacitat de respondre d'alguna cosa o de garantir el compliment d'un deure.

Llibertat: el que frueix qui no està subjecte a cap poder estrany o autoritat arbitrària ni està constret per cap obligació, deure o disciplina. La llibertat hauria d'acabar en el mateix punt on la responsabilitat comença. Vaig posar exemples d'*El vigilant en el camp de sègol*, la novel·la de J. D. Salinger. Aquell moment que el seu professor diu al protagonista que la vida és un joc que s'ha de jugar segons les regles. I vaig concloure que, al capdavall, tot allò que fem es podria resumir en un estira i arronsa entre llibertat i responsabilitat.

—Enhorabona, Xènia. Et vas distreure una mica a mitjan curs, però veig que has fet un esforç considerable i te n'has acabat sortint —em va dir el professor de Filosofia, el dia que vaig anar a buscar les notes.

«No me n'he sortit», vaig pensar, «continuo pensant en ell cada dia. Cada hora».

Era el meu secret. Havien passat tres mesos, però els símptomes de la malaltia de l'amor no em passaven.

I mira que ho volia! Ho volia amb totes les meves forces: treure'm del cap aquella mala persona. Com fos.

Els científics no diuen res, de com es fa per treure's coses del cap. Tant de bo la memòria es pogués esborrar, deixar-la com nova, configurar-la de nou, com fem amb els ordinadors.

—Ah, Xènia! —va cridar-me el de Filosofia, quan ja me n'anava—. M'han demanat que passis un moment per secretaria. Es veu que tenen una cosa per a tu —va esbufegar—. De poc me n'oblido.

Vaig anar-hi abans de marxar cap a casa. Feia calor. Havia decidit anar a la platja. Havia preguntat a la Sandra si podia venir amb mi, però ella no n'estava segura. Si venia, potser tindríem l'oportunitat de parlar una mica. Per si de cas, m'enduria un llibre, tot i que feia temps que em costava concentrar-me. També agafaria els auriculars, per si m'estimava més escoltar música.

L'encarregada de la secretaria em va fer passar al despatx del director. Tot allò era empipador. Que potser passava res?

El director somreia. Això em va tranquillitzar.

—Ha arribat un paquet per a tu, Xènia —em va dir.

—Com?, un paquet?

—Sí, ja sé que és una mica estrany. Potser és un error. Te l'he volgut donar aquí, en mà i discretament, per si el vols obrir abans d'endur-te'l. L'envien des d'una presó de menors.

—Una presó?

—Sí, de Can Salvà, a Barcelona. Saps què és?

—No.

—És un centre de reforma. Una presó per a delinqüents menors d'edat. Coneixes algú que visqui allà? O que hi treballi?

—Que hi visqui?

—Que hi estigui intern. Complint una condemna.

—És clar que no…

Va donar-me un sobre protegit. Vaig llegir el meu nom, clarament escrit, el curs (primer de Batxillerat) i l'adreça de l'escola.

—No ho entenc —vaig murmurar.

—Obre'l. Si s'han equivocat, el retornaré i en paus.

Vaig obrir el sobre, molt intrigada. A dins hi havia un quadern de tapes blaves. Res més. Només un quadern escrit amb bolígraf blau. La lletra era arrodonida, polida. Potser massa i tot. Vull dir que semblava la lletra d'algú que s'esforça a fer bona lletra.

Vaig obrir la primera pàgina. Portava per títol «Un començament». Vaig començar a llegir. Amb curiositat, al principi, i de seguida amb un esglai al cor. Se'm van negar els ulls.

—I doncs? —va preguntar el director.

I jo vaig dissimular tant com vaig poder perquè no se'm notés el trasbals. Vaig tornar a entaforar el quadern dins del sobre i el vaig estrènyer ben fort contra meu. Vaig pensar que ja hi aniria un altre dia, a la platja. Era millor quedar-me a casa, a llegir.

Amb prou feines em va sortir la veu quan vaig dir al director:

—No, no s'han equivocat. És per a mi.

II

HOLDEN

Un començament

Em penso que no en sé gaire, de dir la veritat. Falta de pràctica. Ja t'ho vaig dir, que sóc un cas perdut. Abans de conèixer-te m'era tot igual. Les coses no importen gens si no les penses. Jo abans no pensava.

Jo abans estava convençut que res no canvia mai. Potser estava equivocat. He canviat des que et conec. Bé, des que vas arribar de sobte. És complicat tot.

Em penso que hauria de tornar a començar. Les cartes no es comencen d'aquesta manera, oi? És clar que potser això no és cap carta.

Per si de cas, millor ho torno a intentar. Millor passo la pàgina.

Quan escrius en una pàgina en blanc, sembla que tot hagi d'acabar bé.

Segon intent

Hola de nou, Xènia. Com estàs? Sóc l'Èric. El meu nom autèntic no és gran cosa, ja ho sé, però és el que hi ha. Èric González Pascual, 18 anys. Ja hauria d'haver acabat el Batxillerat, però encara faig primer. Això és perquè fa temps vaig tenir una temporadeta una mica moguda. Embolics dels grossos. Vaig acabar perdent un parell de cursos. També vaig acabar a la presó, però això és una altra història, una història que et vull explicar amb una mica de calma. Estudiar està bé, perquè t'ocupa el cap i fa que no et tornis boig. Pensar massa fa tornar boig, ho sabies? Per això jo fa temps que no penso. No sóc tan bo com tu, en els estudis, però vaig fent. Aquí tenim bons professors, gent que es preocupa, que fa bé la seva feina.

Estudiar sempre m'ha agradat. No sé per què.

És com si formés part d'uns costums innats, que ja portava en néixer. No tenia cap amic que fos bon estudiant; jo era el gos verd de la família, de la colla, del veïnat. A mi m'agradava aprendre coses, des de petit. Al meu barri també s'havien de saber coses, però eren d'una altra mena. Coses que no t'ensenyaven en cap institut. Per exemple, quins veïns eren els més fitxats per la *poli;* qui era l'espieta i qui no; quins carrers pertanyien al clan dels Medina i més valia no trepitjar-los ni de passada; quina era la contrasenya d'aquell mes de les timbes de pòquer del Bar Carmen, i coses així. A mi no m'agradava gaire, tot allò. No m'hi sentia bé. No encaixava en el món dels altres que, d'altra banda, era l'únic que tenia.

M'agradaria dir-te com sóc, però em penso que no ho sé. Sóc més aviat tranquil (potser massa), parlo poc (gairebé gens), però no perquè no tingui coses a dir, sinó perquè normalment no trobo com dir-les. Sóc tímid, i gens segur de mi mateix. Si ho preguntessis als psicòlegs o als treballadors socials del centre, et dirien coses molt diferents. Em penso que sóc un misteri per als psicòlegs. Tot el dia es pregunten què em passa pel cap. Em fan proves tipus test en les quals he de contestar bajanades. A mi m'agrada ser un misteri. És divertit. Una vegada vaig veure per casualitat un informe psicològic que parlava de mi. Vaig poder llegir una mica. Allà on posava: «Diagnòstic». Deia: «Presenta manca de remordiments i emocions (com penediment, o vergonya), no mostra cap mena d'empatia i té comportament antisocial. Tot i això, és intel·ligent i sap mostrar-se encantador quan vol. Des de petit ha manifestat problemes de conducta. Possible psicopatia».

De manera que sóc un psicòpata. Una persona capaç de comportar-se com si no hagués fet res encara que hagi assassinat a sang freda una noia de 15 anys. Un robot calculador. Almenys també sóc intel·ligent, tot i que en aquest cas potser és pitjor. No és una manera gaire bona de presentar-me, em temo.

Però t'estava parlant d'estudiar. Aquí estudia poca gent. Alguns ho fan veure, però ni tan sols aconsegueixen el graduat. Jo els entenc. El seu cap no sap com assimilar aquesta mena d'informació. Aquí la gent està penjada. Tots estem una mica penjats.

El que més m'agrada d'estudiar és el silenci. Crec que fins que vaig arribar aquí no vaig saber realment el que era el silenci. M'agrada estar en silenci. M'agrada la tranquil·litat. Poder llegir sense que ningú em molesti. Té una part bona: mentre sigui aquí no m'he de preocupar de res. Em donen menjar tres cops al dia. Puc estudiar. Fins i tot m'agradaria anar a la universitat. També m'ho paguen, si ho decideixo. Ho penso aprofitar. Aquí la gent no ho aprofita i, quan surt, està tan penjada com quan va arribar. Jo no vull ser un penjat tota la meva vida.

Ja veurem què puc fer i si puc anar a la universitat. De vegades sóc una mica ruc. Un ruc psicòpata.

M'agrades molt, Xènia. M'agrada fins i tot escriure el teu nom.

Xènia, Xènia, Xènia, Xènia, Xènia, Xènia.

Perdó, perdó, perdó. Em penso que encara no t'ho hauria de dir, això. No vull guixar el paper. No vull que pensis que no sóc capaç d'escriure com Déu mana. Fes com si no ho haguessis vist, d'acord?

Continuo, d'acord.

Em sap molt greu, però no et podré enviar

cap fotografia. Aquí està prohibit tenir fotos de carnet i em penso que de les altres no me n'he fet mai cap. En tot cas, les de l'escola, però allà encara era massa jove. Potser el meu cosí algun cop va fer-me alguna foto, però de segur que es van perdre, perquè allò era un desastre. Vés a saber, potser algun dia m'enduc una sorpresa. Amb el Ben mai no se sap.

Però mira, t'explicaré com sóc perquè te'n puguis fer una idea. Sóc força alt (1,90 m), tinc els cabells foscos, però sense arribar a negres, llisos. Els porto curts (aquí no hi ha més remei, però ja m'està bé). No estic bo ni musculat ni res d'això, però tampoc sóc horrible. Quan vaig arribar, estava molt escanyolit, no pesava ni seixanta quilos. Diu la meva educadora que semblava malalt i tot. Ara m'he engreixat una mica i es veu que faig més bona cara. Però no estic gras, eh? Estic normal tirant a prim. No tinc grans ni marques ni coses fastigoses a la cara ni enlloc. Tampoc tinc tatuatges. No m'agraden, els tatuatges. El Ben va fer-se un munt de tatuatges (en llocs on es veuen i en llocs on no). Jo passo. Ah, sí! Tinc una piga de naixement al final de l'esquena, però no és fastigosa (crec). Les noies de vegades em miren. Fins i tot n'hi ha una que està penjada de mi (es diu Vanessa), però a mi ella no m'agrada. Em posa nerviós que em miri i que em busqui. Jo no li faig ni cas, però ella igualment em busca. S'ha apuntat a algunes classes per coincidir amb mi, però no té idea de res i a sobre és pesada. No sé per què és aquí, ni li ho vull preguntar. Si fas una pregunta a una noia, ella de seguida t'ho explica tot, fins i tot detalls d'allò més íntims que fan vergonya. És millor no preguntar. De tota manera, no m'interessa.

A mi mai no m'havia agradat cap noia. Fins i tot començava a pensar que era gai, com el Ben. Si el Ben em sentís dir això, s'emprenyaria moltíssim. De fet, és només una sospita, mai no ho he sabut del cert. Tot són imaginacions, suposicions, aquestes coses que intueixes, si mires molt una persona. En realitat, mai no he conegut ningú que em pugui dir res sobre això del meu cosí. Mai no li he conegut cap nòvia. Amics, moltíssims. Alguns més íntims que d'altres, com el Marcel. Però tothom en té, d'amics més propers? Jo només dic que, si fos gai, no me n'amagaria mai. I si a algú no li agrada, pitjor per a ell.

Ostres, no sé per què t'ho deia tot això. Sóc un desastre. No sé ni escriure cartes. Suposant que això sigui una carta.

Estic una mica nerviós, oi que és estrany? Em sap molt greu tot el que ha passat. No volia enganyar-te. Encara menys decebre't, ni ferte mal. L'última cosa del món que vull és fer-te mal. M'has de creure, si us plau. M'importes de debò. Ja sé que sóc un mentider i que ara no em creuràs només perquè t'ho demani, però m'agradaria que almenys m'escoltessis. Mai no m'havia importat la veritat, però ara m'importa. Per primera vegada em sembla que hi ha alguna cosa a l'univers que val la pena. Ets tu, Xènia.

Xènia, Xènia, Xènia, Xènia, Xènia.

Llaunes

Podria començar per l'inici i parlar-te dels meus pares i això. Però seria molt depriment. I força avorrit. Els meus pares no tenen cap interès. No són com els d'aquell Caulfield del llibre, que tenen pasta i viuen en un lloc bonic i elegant. De fet, no sé ni on viuen, perquè fa molt que no els veig. Ni ells a mi. La mare fa anys i panys que va marxar a Londres. Fa de prostituta. Oi que és horrible dir això? De vegades, quan era petit, a l'escola, havia d'emplenar algun paper d'aquells on diu: «Professió del pare». I tu poses: «Camioner». Després diu «Professió de la mare» i tu no saps què posar. Fa lleig posar «prostituta» als papers del *col·le*. Hi ha algú que s'ho podria prendre malament. La gent et mira diferent quan sap a què es dedica la teva mare. Tu també t'ho mires tot diferent, començant pel teu pare. Vaja, mires el teu pare i et fas tot de preguntes que la gent normal no es fa. Als papers del *col·le,* hi posava sempre una ratlla. «Professió de la mare: —» Una ratlla no fa sentir malament ningú.

La gent sol tenir records de la seva mare. Les mares fan el dinar, renten la roba, van a comprar, de vegades parlen amb els seus fills i els fan abraçades i els pregunten com els va la vida. La meva no. Si era a casa, estava borratxa o dormia la mona. Un cop es va adormir dins la dutxa i la vaig haver de portar tot sol fins al dormitori. No ho vulguis saber, el que pesava! I això que estava ben prima.

La mare no sabia cuinar (o això deia) i no ho feia. A casa només menjàvem llaunes. Els diumenges, de raviolis o de favada asturiana. Normalment, de tonyina, de sardines, de mongetes o de salsitxes de Frankfurt. Un àpat normal a casa meva era així: obries l'armari, agafaves la llauna que més t'agradava, un tros de pa i te n'anaves al sofà. Si quan acabaves, tenies més gana, obries una altra llauna. Si n'hi havia, és clar. A la mare tampoc no li agradava anar a comprar. Ni rentar la roba. Ni dutxar-se cada dia. Ni escombrar la casa. A la mare no li agradava res, només beure conyac i plomar homes que no la coneixien de res. Quan encara era jove, se'ls lligava i els treia tots els diners. En sabia un munt. De jove era molt guapa, vaig sentir a dir. Abans de quedar-se embarassada de mi, sempre aconseguia dels homes tot allò que volia. Fins i tot es va lligar un peix gros. Però després vaig néixer jo, i ho vaig engegar tot a rodar.

«Si tu no haguessis vingut al món, jo ara seria marquesa», em va dir una vegada.

«Tant de bo t'hagués parit a la tassa del vàter», era una altra de les seves frases preferides.

«Quin greu no haver avortat quan encara hi era a temps», una tercera.

Després, va marxar. Sense avisar, sense acomiadar-se, sense dir on anava. Vam saber que era a Londres perquè ens va enviar una postal. Oi que és graciós? A la postal hi posava el meu nom, la nostra adreça i només dues paraules: *Bon Nadal.* La postal va arribar el vint de febrer o així. «Potser a Londres és costum celebrar Nadal per Carnestoltes», vaig pensar, abans de llençar-la a les escombraries.

Pel que sé de tu, ets una persona normal, amb una família com Déu mana. Et dec estar espantant d'explicar-te aquestes coses. Segurament no t'havies imaginat mai que existia una merda de món com el meu, oi? Em sap greu haver-te de dir que existeix. M'hi ha tocat néixer a mi com et podria haver tocat a tu.

Encara no t'he parlat del pare. No sé on dimonis es devien conèixer, els meus pares. Ell mai no m'ho va voler explicar. No és gaire enraonador, en això he sortit a ell. De fet, tampoc no m'interessa saber-ho. Ell no ho diu, però troba a faltar la mare. Al principi se li notava molt. Sempre es mirava la fotografia d'ella que tenia a la tauleta de nit. Hi parlava i tot, cada nit, mentre bevia vi a galet. Després va deixar de parlar-hi, però la fotografia encara és a la tauleta. El pare es diu Lluís. Potser no és el meu pare, però això m'és igual.

El pare hi era, el dia del judici. Em va sorprendre molt que vingués. Va ser la darrera vegada que el vaig veure. Des que sóc aquí mai no m'ha vingut a visitar. Millor, perquè si vingués no sabríem què dir-nos. Em penso que s'avergonyeix de mi. No el culpo. No és mala persona, el pare. En el fons, penso que la sentència va ser un alleujament per a ell. Hi ha persones que serien més felices si mai no haguessin tingut fills. El pare n'és una.

Mai no ens hem dit ni dues frases seguides, el pare i jo. Una de les últimes coses que recordo que em va dir és:

—Si t'emboliques amb desgraciats, tu també acabaràs sent un desgraciat.

Ho deia pel Ben, és clar. El pare no el pot sofrir, el Ben. Ni a la mare del Ben, que no és la meva tieta, però com si ho fos. De fet, el problema el té amb la mare del Ben. Ja t'ho explicaré amb calma més endavant. Els embolics familiars sempre costen d'entendre.

I ja paro de parlar dels meus pares. No hauria d'haver començat, veus? De les coses depriments, és millor no parlar-ne.

Ben

Si no arriba a ser pel Ben, m'hauria ofegat en aquella brutícia de casa on vaig néixer. El Ben és l'única persona que m'ha defensat durant tota la meva vida. Fins i tot va plantar cara al pare per mi. Jo era un tap de bassa, devia tenir vuit o nou anys. Va ser poc després que la mare se n'anés. El pare era tot el dia fora, amb el camió. Jo m'estava sol a casa. Les llaunes s'acabaven i no tenia diners per comprar-ne més. El pare no es preocupava de res. Quan arribava, demanava una pizza per a tots dos. No teníem el costum d'anar al supermercat. El Ben li va dir que s'havia de cuidar de la meva alimentació, que jo era un nen desnerit i que, si continuava així, no creixeria. També li va dir que m'havia de comprar roba i fer que em rentés de tant en tant. Jo no em dutxava mai, llavors. Ni tan sols se m'havia acudit que ho havia de fer. El Ben va dir al pare que si no estava per mi l'hauria de denunciar als serveis socials. Per a mi el meu cosí era com un heroi. Jo era un mitja canya, però el tenia a ell, que em defensava.

Recordo molt bé com va anar tot. Jo feia tercer de Primària i vaig pispar l'entrepà a una companya de classe. Vaig aprofitar que ella anava al lavabo o alguna cosa així. Va ser molt fàcil posar la mà dins d'aquella motxilla de color rosa i agafar l'entrepà, que feia una olor deliciosa. Jo sentia aquella olor des que s'havien tancat les portes de la classe aquell matí. Vaig posar-me l'entrepà a la butxaca i vaig dissimular. Ella (es deia Sara, portava roba de marca i una motxilla de la Campaneta de Peter Pan) no se'n va adonar fins que va sonar el timbre de l'hora del pati. Llavors va començar a buscar l'esmorzar, a regirar la bossa, però jo vaig esmunyir-me cap a fora tan de pressa com vaig poder i vaig anar a les graderies del pati dels grans, un lloc on ella no pogués trobar-me.

En la meva memòria mai no hi haurà cap entrepà tan deliciós com aquell. Era de pernil i formatge, el pa era molt tendre i una mica dolç. Estava sucat amb tomàquet, oli i sal. Era un entrepà preparat per una mare autèntica. L'amor de la preparació encara el feia més bo. Quan ja me l'estava acabant, vaig veure que venia la Sara. Feia cara de voler-me matar. Al seu costat també venia la directora. A la meva companya li havia faltat temps per denunciar el meu crim a les autoritats. Jo vaig córrer a ficar-me el que em quedava de l'entrepà a la boca. M'era igual que em castiguessin, sempre que no em prenguessin aquella meravella.

La directora semblava enfadada, però només a mitges. D'aquella manera que s'enfaden els adults quan de debò no estan enfadats. Va arrufar el front i va demanar-me:

—Èric, has agafat l'entrepà a la teva amiga Sara?

La Sara no era la meva amiga. Era una bleda cursi. L'única cosa que m'agradava d'ella eren els seus entrepans.

Vaig fer que sí amb el cap.

—I com és? —va preguntar la directora.

Parlar mai no ha estat el meu fort. Però a més, no podia dir res. Tenia la boca tan plena que de poc m'ofego. Va passar una bona estona fins que ho vaig haver mastegat tot i em va haver passat coll avall.

—Feia molt bona pinta —vaig dir llavors, o una cosa així.

—No pots prendre l'esmorzar a la Sara, Èric. Ni a ningú. Ara la teva amiga s'ha quedat sense entrepà, pobreta. No et fa llàstima?

No me'n feia gens. Jo sabia molt bé què era, no tenir esmorzar. Jo no en tenia mai i no feia cap drama. De fet, el record més viu que tinc d'aquella època és la gana. Una gana de llop.

—Sí —vaig mentir, perquè em deixessin tranquil.

—Oi que no ho faràs més? —va fer la directora, que ja no arrufava el front.

Vaig remenar el cap a banda i banda.

—Va, demana-li perdó.

—Perdó.

La Sara em mirava com pensant: «Ets un delinqüent. Jo no vull res amb delinqüents». De fet, això és el que pensa tothom de mi. Ella només va ser la primera que ho va fer.

—I ara, feu-vos una abraçada —va dir la directora, que era d'aquella mena de gent que es pensa que tot s'arregla amb abraçades i petons.

Vaig anar a fer una abraçada a la Sara, però ella es va apartar.

—Ja li passarà —va fer la directora, abans de tornar-me a dir—: Oi que no ho faràs més?

—No —vaig dir jo, dòcil i content, amb la panxa plena.

—Molt rebé. Em refio de tu, Èric. No em decebis —va afegir la directora.

I així va acabar tot fins que va tocar l'últim timbre.

Quan va arribar l'hora de marxar cap a casa, la Sara ho va explicar tot a la seva mare, una rossa grassa que semblava un buldog. Van decidir esperar-me a la porta de l'escola per dir-me quatre coses.

Quan les vaig veure plantades i mirant com si busquessin algú, vaig veure'm mort. No podia escapar-me. No hi havia cap més sortida. El cor em bategava a mil. Per sort vaig veure que venia el Ben amb els seus amics. Reien fort. Se'ls sentia d'una hora lluny.

El Ben tenia quatre anys i mig més que jo. Ja anava a l'institut, però cada dia passava per allà amb els seus col·legues, perquè el Ricard

Salvat estava just a tocar de la meva escola de Primària. De vegades em veia i em saludava. No era d'aquella mena de paios que els fa vergonya saludar un marrec. Ni quan anava amb noies ni res. Sempre que me'l trobava em remenava els cabells i deia:

—Hola, capgròs! Com va?

El Ben sempre em deia *capgròs*. Al Ben els noms autèntics de la gent no li agradaven gaire. Ell i els seus amics sempre portaven coses de menjar: bosses de patates, llaminadures, blat de moro torrat, cacauets, galetes de xocolata... i sempre em preguntava si en volia. Jo sempre li deia que sí. Ell deia:

—Agafa'n més.

Era enrotllat, el meu cosí.

El vaig cridar a través de la reixa del pati. Devia fer cara d'espantat, perquè es va acostar i va preguntar:

—Ei, capgròs, què et passa?

Però no vaig poder dir res perquè la buldog ja se'ns havia tirat a sobre i començava a parlar com si el món s'acabés.

—Hola Èric. Ets l'Èric, oi que sí? La Sara m'ha explicat que aquest matí ha passat una cosa una mica desagradable. Ja sé que li has demanat perdó i que li has dit que no ho faries més, però només volia assegurar-me que ho tens ben clar. Oi que no tornaràs a deixar sense entrepà la meva filla? Ella té dret, em penso, a menjar-se el seu entrepà, no trobes? Vull dir que no hi ha dret que l'hi pispis i te'l mengis tu. Si tu en vols un altre, jo te'n puc fer un de petit per a tu, de tant en tant, però no vull que ho facis més, això. Em sents, Èric? M'estàs escoltant?

Parlava i parlava, i jo estava atabalat i no sabia què dir, ni si li havia de dir alguna cosa. Ja he deixat clar que parlar mai no ha estat el meu fort. Però no va caler, perquè el Ben va parlar per mi:

—T'hem sentit molt bé. El meu germà ja ha demanat perdó a la teva filla, oi que sí? Doncs, què més vols? Que et faci un petó al cul?

La buldog rossa va callar de cop, vermella de vergonya.

—Només volia que quedés clar això de l'entrepà —va xiuxiuejar.

—Te'l pots fotre pel cul, l'entrepà —va afegir el Ben—. Som-hi, Ric.

Tots vam quedar-nos amb un pam de nas.

La Sara feia cara d'espantada. La seva mare semblava a punt d'explotar, tenia la boca i els ulls molt oberts, com si volgués parlar però no li sortissin les paraules. I fins i tot jo, que ara corria com si volés rere el meu cosí, que em portava de la mà, ben apressat. No m'ho acabava de creure.

Vaig sentir la mare de la Sara que deia:

—Ho sabies, que l'Èric tenia un germà?

El Ben va aturar-se al mig de la plaça, allà on la buldog ja no ens podia veure i es va ajupir per parlar-me. Però llavors va adonar-se que jo estava plorant.

—Ep, capgròs, no ploris. Els *tios* no han de plorar. Els *tios* busquem solucions.

Automàticament vaig deixar de plorar.

—Escolta, que sigui l'última vegada que robes l'esmorzar a un company de classe. Vols que tothom es pensi que ets un lladre o què?

—No.

—Doncs, per què ho has fet?

—Tenia gana —vaig dir.

Va quedar-se pensant un moment.

—Doncs, a partir d'ara quan tinguis gana m'ho dius a mi, entesos?

—Sí.

—Tens gana?

—Sí.

—D'acord —va obrir la seva motxilla, en va treure una bossa de patates ondulades amb gust de pernil—. Té. Demà et portaré una cosa millor.

—D'acord.

—I si algú et torna a dir que et farà de tant en tant un entrepà petit, li dius que tu no acceptes almoines de cap idiota.

—D'acord.

—Ni aguantes les seves esbroncades.

—D'acord.

Em va mirar, va fer un sospir, em va remenar els cabells.

—Estàs bé?

—Sí.

—Doncs, au, vés cap a casa. Ens veurem demà.

Aquell dia el meu cosí Ben es va convertir en la persona més important de la meva vida. I allò només era el començament. Amb el temps, va fer coses increïbles per mi: em comprava vambes i roba; em convidava a menjar pizza o hamburgueses o gelats; em donava diners perquè anés al supermercat... De tant en tant, em portava al cinema o em convidava a casa seva, amb els seus col·legues. Algun cop em preguntava com m'anava l'escola.

També va tornar a enfrontar-se amb el pare. Dues vegades. El pare no li feia ni cas, i el Ben semblava que s'oblidava de les promeses que m'havia fet. Fins que un dia ho va fer. Va denunciar el meu pare als serveis socials. Li van treure la meva custòdia (em penso que tampoc no la volia, que no l'havia volguda ni quan es va separar de la mare). Jo tenia 12 anys. Vaig anar a viure a un centre d'acollida per a menors. Allà tothom tenia problemes, com jo. Allà menjava, i em rentava i es preocupaven per mi. Era un bon lloc. Després el Ben va aconseguir que pogués passar els caps de setmana amb ell. No tots, perquè de vegades ell havia de treballar. El veia cada dia, podia fer els deures a casa seva, veure la tele, menjar de tot i tornar al centre només per dormir. Era fantàstic.

Hauria fet el que fos pel Ben, el que m'hagués demanat. Li ho devia tot. Sense ell no hauria arribat a gran.

El mòbil

Escriure seguit és molt difícil. Vull dir trobar coses a dir tota l'estona. No és que no tingui coses a explicar... Més aviat tot el contrari: en tinc tantes que no sé per on començar, i em col·lapso de mala manera.

Ah, sí.

Crec que ara ja deus haver entès per què no tinc mòbil, oi? Aquí els mòbils estan prohibits completament. Ni tan sols les visites en poden portar. Quan véns a veure algú que viu aquí, una policia que hi ha rere un vidre, a l'entrada, et fa deixar totes les teves coses en un armariet. Després, et dóna una clau. Això ho fan perquè no puguis entrar coses perilloses a la presó: ganivets, tisores, esprais, droga o no sé quantes coses més. També mòbils, és clar.

Penso: quants anys fa que no veig un mòbil?

Tants com fa que sóc aquí dins. Quatre anys, tres mesos, vint-i-tres dies. Oi que és fort? Costa de creure.

Una vegada en vaig tenir un, de mòbil. Només em va durar sis mesos. Era un model *xulo*, però no era nou. Me'l va regalar el Ben.

—Per quan necessiti trobar-te ràpid, capgròs —em va dir.

—D'acord —i em vaig guardar el telèfon.

—No me'n dónes les gràcies? No t'agrada o què?

—Sí. Però no és nou.

—És clar que no és nou. Fins ara era meu. Jo no llenço res, saps? Les coses s'aprofiten fins que rebenten. Esborra les fotos si et fan nosa. La resta ja ho he netejat jo.

Tenia raó, no hi havia missatges ni res. Només un munt de fotos. La majoria eren dels seus col·legues. Sobretot d'un.

Amb el pas dels anys, el Ben ja no em remenava els cabells, però em mirava com abans, com sempre. Com a un marrec. Ara em feia una mica de ràbia, perquè ja tenia 13 anys i no era cap nen. Em sentia tot menys un nen.

Ell em deia que algun dia jo seria el seu soci

i junts seríem els amos del barri. Que m'havia de preparar.

Ser el seu soci sonava molt bé. Jo hauria fet qualsevol cosa pel Ben.

—T'has de posar en forma, capgròs. T'has mirat? Vull que t'apuntis a un gimnàs.

—Un gimnàs?

—Aprendràs taekwondo. Ja he parlat amb el teu professor. Ell només fa classes a nens, però amb tu farà una excepció. Classes particulars. Comences demà.

Amb el Ben les coses anaven així. Ell decidia, tu acceptaves. No t'hi podies negar.

A mi no m'agradava el taekwondo. No m'agrada pegar ningú; no sóc gaire valent per a aquestes coses. Però el professor em va caure bé. Era simpàtic, tenia paciència i en sabia un munt. A més, era com si ja el conegués, perquè era el paio de les fotos del meu mòbil nou. Les vaig esborrar. Era una mica estrany portar tantes fotos del meu professor de taekwondo al mòbil.

No vaig fer gaires progressos al gimnàs. Em penso que per ser un bon *taekwondista* cal tenir més mala llet. O cal estar més fort. Has vist mai una escombra fent taekwondo? Doncs, si fa no fa, ja em pots imaginar. Ja t'ho vaig dir, que sóc un cas perdut.

Unes setmanes més tard vaig saber que Marcel López era el germanastre del Ben, un dels fills d'aquella tieta Carmen que no era la meva tieta. Eren amics, es feien favors. Mai no vaig preguntar com li pagava les classes, ni si li pagava.

El Marcel era un paio molt esportista. Estava en forma. No era gens lleig. Era l'entrenador personal del Ben, i el seu millor amic (crec) o potser l'únic. Tenia èxit amb les noies, el Marcel, però em sembla que no tenia nòvia. Que jo sàpiga. D'una manera o altra, el Marcel era tot el que jo no era. A més, el Ben l'admirava. Potser per això et vaig enviar la seva foto i em vaig fer passar per ell. Volia impressionar-te. A més, no en tenia cap altra a mà. El Marcel era un bon paio. El seu únic defecte era ser un cregut. Però això encara no és delicte en cap país del món.

Un dia vaig dir al Ben que no volia anar més al gimnàs, perquè el que jo volia fer era estudiar.

—Estudiar?

—M'agradaria anar a la universitat.

—A la universitat? Què se t'hi ha perdut a tu, en aquell lloc de rics?

—Em penso que jo serveixo per estudiar.

Jo llavors ja començava a interessar-me per la lectura, tot i que no sabia d'on treure els llibres. Els estudis m'anaven bé, com sempre, i sense esforçar-m'hi gaire.

—Podria ser advocat. Un soci advocat no està malament, oi? —vaig afegir.

El Ben es va quedar pensarós. Estava tan parat com si li hagués dit que volia anar a la Lluna volant.

—No ho sé, capgròs. Ja m'ho rumiaré.

Va ser una bona estratègia per no anar més al gimnàs. Al Marcel gairebé no l'he vist. Va ser el meu *profe* de taekwondo només durant onze setmanes. No recordo res del que va ensenyar-me.

El mòbil encara és meu, només que no me'l deixen tenir. Està confiscat, arxivat, classificat, jo què sé... Me'l tornaran el dia que surti d'aquí. Així el podré regalar a algun museu d'andròmines de l'era dels dinosaures.

Si us plau, no paris de llegir

De vegades em quedo en blanc. Com ara. Quan em quedo em blanc, començo a pensar. Pensar de vegades fa mal.

Penso: i si la Xènia obre la llibreta, llegeix la primera línia, veu que sóc jo i la llença a les escombraries sense llegir res més?

Llavors fa un munt de pàgines que faig l'imbècil.

També penso: i si la Xènia llegeix tot el que he escrit i encara continua i en acabat decideix contestar la carta (si és que això és una carta) i dir-me que em perdona, que serem amics o alguna cosa així?

Llavors, m'animo i continuo escrivint.

Mai no he tingut una amiga. Un amic, tampoc.

Si us plau, Xènia, no paris de llegir.

El vigilant en el camp de sègol

He llegit *El vigilant en el camp de sègol* unes dotze vegades. La primera va ser quan encara era una persona normal. Vull dir, quan vivia al barri i portava una vida corrent que al mateix temps era un desastre. El vaig treure de la biblioteca. Va ser el primer llibre que vaig agafar en préstec després de fer-me el carnet. N'estava molt orgullós, del meu carnet de la biblioteca, em feia sentir una persona important.

La biblioteca no era al meu barri. Normal. Els qui la van fer ja devien pensar que al meu barri no tindria gaire èxit. Però és a prop. De petit la veia quan el Ben anava a fer negocis a la plaça. Llavors encara no em cridava l'atenció. Hi vaig entrar per primera vegada amb 13 anys, a veure què hi havia dins, com era. Em va agradar molt el silenci. Té una cosa màgica, sobrenatural, el silenci. Vaig tafanejar una mica. Hi havia unes quantes lleixes amb llibres recomanats. Allà vaig llegir per primer cop el nom de J. D. Salinger. Em va cridar l'atenció de seguida. Devia ser aquell títol tan complicat. Jo no en sabia res, de l'autor. No sabia res de cap autor. Res de res.

Va ser la bibliotecària qui me'n va parlar. Devia veure'm amb tanta cara de badoc que em va preguntar:

—L'has llegit?

Vaig negar amb el cap.

—Potser t'agradaria —va fer ella—. És una novel·la molt famosa, l'han llegida milers de lectors al món.

Reconec que allò em va impressionar.

—Agafa-la, si vols. Llegeix-ne el començament. Mira a veure si t'agrada. Un llibre t'ha d'atrapar des de les primeres línies, ho sabies?

Un altre cop vaig fer que no.

Vaig obrir la novel·la pel primer capítol. Era la primera vegada que feia una cosa així, però no em va semblar estrany. Tot el contrari. Sentia que aquella quietud, aquell silenci, aquella olor del paper eren el meu veritable hàbitat. Jo no havia nascut per fer taekwondo amb els durs del barri. Jo havia nascut per estar-me entre llibres, en silenci. Això vaig pensar, mentre obria la novel·la de Salinger per primer cop. Ja pots dir que sóc ben estrany.

«Si de debò voleu que us en parli, segurament la primera cosa que voldreu saber serà on vaig néixer, i com va ser la meva fastigosa infantesa, i què feien els meus pares abans de tenir-me i tota aquesta porqueria», vaig llegir, a peu dret.

—Te'l vols endur? —va preguntar la bibliotecària.

—No tinc diners —vaig respondre, amb un somriure idiota als llavis.

Ella també va somriure. Però no era un somriure burleta. Més aviat era comprensiu. Em va recordar el somriure d'una mare.

—No et calen diners. Necessites el carnet de la biblioteca. Suposo que no el tens, oi?

Una altra negació amb el cap.

—Te'l pots fer de franc. Te'l lliuro al moment. I amb el carnet ja et pots emportar tots els llibres que vulguis.

—Tots? —devia obrir uns ulls com unes taronges.

—Bé, deu cada vegada, com a màxim. Però quan els retornis, te'n pots emportar més. Jo si fos tu, començaria per aquest.

No m'ho vaig pensar gens. Em feia patxoca tenir un carnet, ni que fos el de la biblioteca. Seria el primer. Vaig donar totes les dades. L'adreça, la de casa del Ben. El carnet era blanc i brillava, perquè estava plastificat.

—Té —la bibliotecària em va lliurar la novel·la de Salinger—. Recorda que l'has de retornar d'aquí a tres setmanes. Mira, aquí posa la data, perquè no te n'oblidis. Si no el retornes a temps, et posen un punt de penalització. I si acumules trenta punts, el carnet deixa de funcionar un mes. Ho has entès?

Allà hi havia les dates, escrites clarament: la del moment que m'emportava el llibre (amb hora i tot) i la del dia que havia de retornar-lo. També hi havia un eslògan que deia: «Comparteix la teva lectura amb altres joves com tu al fòrum lector del nostre web».

Vaig llegir-me'l en només dos dies: 282 pàgines, sense saltar-me'n ni mitja! No sabia que podia fer una cosa així.

Quan era a casa del Ben, amagava el llibre sota el matalàs, perquè ell no el trobés.

No li agradava que llegís, al Ben. Em renyava.

—Se t'atrofiaran les cames, aquí assegut. Per què no vas una estona al gimnàs? —em preguntava.

—Ara, ara —deia jo, perquè em deixés tranquil.

Segurament ja ho saps: a la gent que llegim, el món real ens és una mica igual. L'única cosa que volem és que ens deixin llegir.

El vigilant en el camp de sègol em va agradar més del que mai m'hauria imaginat. Aquell paio, en Holden, estava tan penjat com jo. Tan boig com jo. O potser més i tot. Es feia preguntes estranyes, com jo. Li agradava llegir, com a mi. La gent el molestava, exactament com em passa a mi, o directament no li agradava gens.

També hi havia moltes diferències: ell sabia ser encantador quan volia, no com jo. Jo sóc un tímid sense remei. Em costa fins i tot aixecar la mirada de terra. Ell treia molt males notes, jo no. Ell feia bogeries divertides; jo no n'he fet mai cap. Ell no s'hauria deixat entabanar. Em penso que quan vaig acabar el llibre l'admirava, en Holden. Tu no? No, quina bestiesa, ja sé que tu no. Tu ets diferent. A tu en Holden et cau molt malament. Potser jo també.

Quan el vaig tornar, vaig preguntar directament a la bibliotecària si hi havia més llibres com aquell.

—Ah —va somriure, molt contenta—, això vol dir que t'ha agradat?

Vaig assentir amb el cap. Les paraules no són el meu fort.

—I ara en vols un altre… —va dir.

Vaig respondre amb un altre sí sense paraules.

—I no t'agradaria provar alguna cosa ben diferent? Només per veure si també t'agrada.

Vaig arronsar les espatlles.

—Ja veig que tenim un lector dels bons, aquí —va dir ella—. Deixa'm veure què et puc recomanar.

Va consultar l'ordinador. Al cap d'un moment el llibre ja era sobre el taulell i jo me'l mirava amb curiositat. *El fantasma de Canterville*, d'Oscar Wilde. Tampoc no em sonava de res. El vaig començar a llegir a la mateixa plaça de la biblioteca, amb neguit per si al meu cosí se li acudia passar per allà. Era divertit. Anava d'un fantasma que viu en un castell escocès i que està traumatitzat perquè no fa por a ningú per més que ho intenta. És un fantasma desgraciat que no és on ha de ser. En més d'una ocasió les seves ocurrències em van fer riure i tot. No gaire, perquè em feia vergonya que la gent em veiés i es pensés que era ben boig, allà assegut, rient tot sol.

Per tornar al barri vaig amagar-me el llibre dins dels pantalons. Al lloc on vaig néixer ningú no hauria entès per què has d'anar pel carrer amb un llibre. Només pensava a arribar a casa el meu cosí i posar-me a llegir. Aquelles vacances vaig llegir molt i vaig anar molt poc al gimnàs.

Un cop el Ben va trobar el meu carnet de la biblioteca.

—Què és això? —em va preguntar, agafant el rectangle plastificat amb dos dits, com si estigués brut.

—El meu carnet de la biblioteca —li vaig dir.

—I per què el vols?

—Per treure llibres.

—Treure?

—Me'ls deixen perquè els llegeixi. Després els he de retornar.

—Ah —el va deixar anar, no li devia semblar gens interessant—. Et tornaràs imbècil, de tant llegir —va remugar.

Però em va deixar tranquil. Em respectava, el Ben. Encara que no m'entengués, de vegades. O potser m'estimava. Vés a saber.

El barri

Quan jo era petit, el Ben tenia un cos de gimnàs que impressionava. De tant en tant s'aixecava la samarreta, m'ensenyava els abdominals i em deia:

—Toca, toca.

A mi em semblava que tenia l'estómac de ferro. Era increïble.

De vegades em venia a buscar i em portava amb ell al parc de la biblioteca. Jo jugava als gronxadors i ell s'asseia en un banc amb els seus col·legues. El venien a veure algunes persones que demanaven per ell. Anaven a un racó, el Ben es treia alguna cosa petita de la butxaca, mirava cap a totes bandes i hi havia un intercanvi. El Ben es guardava els diners a la butxaca del darrere dels pantalons. Sempre hi duia un feix de bitllets, allà darrere. Gairebé tots de cinquanta. Jo no sabia què feia, però m'adonava que feia alguna mena de negoci. Tot m'estava bé, no era cosa meva. Quan ets un marrec, allò que fan els grans no és cosa teva. Els deixes fer i prou.

Sempre que li donaven diners, el Ben s'acostava i em preguntava:

—Vols berenar, capgròs? Tens gana?

Jo sempre tenia gana. Sempre deia que sí.

El Ben em donava diners perquè anés al bar i em mengés un entrepà. De vegades demanava una ració de calamars, o de croquetes. El Ben m'ho pagava tot. A la barra del bar hi havia un pot de quètxup. Em deixaven posar tot el que volia. A mi em semblava que m'ho deixaven fer perquè anava amb el Ben. El Ben feia tot allò que li venia de gust i ningú li deia res.

De vegades algun client s'enfadava. Treia una navalla. Llavors el Kevin, que era un collega del Ben, se m'acostava i em deia:

—Va, Ric, et porto a casa.

No es podia discutir, perquè eren ordres del Ben. I si ell deia que havia d'anar a casa, me n'havia d'anar i punt.

El Ben prenia llet descremada, però a mi

me la comprava sencera, perquè deia que havia de créixer. A mi no m'agradava gaire, la llet, però me la bevia perquè estigués content. M'agradava fer content el Ben. A més, ell deia que, si volia créixer i ser alt com ell, havia de beure molta llet. I devia ser veritat, perquè vaig créixer tant que vaig superar-lo en alçada. Només un parell de centímetres.

Jo llavors volia deixar de ser capgròs per ser com ell. Sempre vaig voler ser com el Ben.

Potser que t'expliqui això dels noms, que m'estic fent un embolic. El Ben em deia Ric perquè, segons ell, sonava més bé que Èric. Amb el seu nom va fer el mateix. Va partir-lo pel mig i es va quedar amb la meitat que més li agradava. En realitat, al seu carnet d'identitat, s'hi llegia Rubén, però s'emprenyava molt si algú li deia així.

—Ben i Ric sonen com noms de sèries americanes i molen més —li agradava dir.

N'estava molt al cas, de les sèries americanes. Se les sabia totes.

Allà on ens va tocar néixer, no hi ha gaires coses més a fer. La gent treballa de camioner, o estibador, o paleta fins que un dia et fan fora de la feina i et fas atracador de bancs, lladre de forns de pa o camell. També n'hi ha que es fan borratxos o drogoaddictes. De vegades, els qui fan les lleis s'obliden que tots, hàgim nascut allà on hàgim nascut, tenim les mateixes necessitats. El problema és que al meu barri la gent no sap fer gaires coses. No és un barri d'intel·lectuals, ja t'ho he dit. Si un paleta es queda sense feina i no troba feina de res més, només sap fugir de la realitat fins que la realitat l'enxampa.

Ah, només una cosa més, per si penses que algun dia podria portar-te a conèixer tot això que t'estic explicant.

El Ben va comprar-se una casa en una zona que anomenen Les Palmeres i que no arriba ni a barriada. Tot just són dues fileres de cases petites tocant al descampat dels avions, en els límits del barri. Vaig anar a viure amb ell. Era un lloc bonic, però costava dormir perquè era just al costat de les pistes d'aterratge i el soroll dels avions en baixar era massa fort.

Una nit, mentre m'estava al llit amb els ulls com un mussol, em vaig prometre a mi mateix que un dia tota aquella merda quedaria enrere.

Em vaig prometre que marxaria d'allà i que no hi tornaria mai més.

T'ho dic perquè ho sàpigues.

La família

El Ben deia a la gent que jo era el seu germà petit. No sé per què ho feia, però m'agradava molt. De fet, no som ni cosins de debò. He quedat que t'ho explicaria. Ja veus que aquesta carta m'està sortint una mica desendreçada. Suposant que això sigui una carta, és clar. I suposant, també, que encara no t'hagis cansat de llegir.

Això de la família és una mica complicat. El pare té un germà més gran, que es diu Anselmo. L'oncle Anselmo es va casar amb la Maria, una dona que tenia un fill, el Ben. Com que l'Anselmo no tenia fills, va adoptar el Ben i li va donar els seus cognoms. Del pare autèntic del Ben, mai ningú en va saber res. La seva mare es va quedar embarassada quan tenia 16 anys, i mai no en va voler parlar. És un d'aquells misteris per resoldre, com la recepta de la Coca-Cola o qui va ser Jack l'esbudellador. I ja no s'hi podrà fer mai res, perquè quan el Ben tenia uns deu anys, la seva mare va morir. Així que no hi ha res a fer. Jo era tan petit que ni la recordo, la tieta Maria, però l'he vist en fotos. Es veu que ella i la meva mare eren amigues i que ma mare se'n va anar poc després que la tieta Maria la dinyés. Es veu que no va poder suportar estar sense ella, en aquell barri de bojos. Tot són rumors, jo no en sé res del cert.

Més tard, l'oncle Anselmo es va tornar a casar, aquest cop amb la tieta Carmen, que tenia tres fills (dues noies i un noi). Els fills de la Carmen van instal·lar-se a casa del Ben. Era un pis petit, com tots els del barri, i van haver de compartir el poc espai. El Ben va fer amistat amb el germà gran, i amb el temps arribaria a ser el seu col·lega i el seu únic amic. Potser alguna cosa més (un altre misteri). Es deia Marcel, tenia la seva mateixa edat i era un bon nano. Amb les seves germanastres, en canvi, no hi va haver manera. Mai no es van caure gens bé. Es feien la vida impossible, però la Carmen les defensava a elles. Era una batalla perduda, que no valia la pena. A més era massa gent per tan poc espai, per això el Ben va decidir anar-se'n. En tenia ganes des que havien arribat els nous. Ho va aconseguir als 17 anys. Se'n va anar a viure amb un col·lega seu, el Kevin.

És a dir, resumint: el meu oncle no és el pare del meu cosí; la meva tieta tampoc no és la seva mare; ell i jo no som cosins autèntics encara que portem el mateix cognom. Ja t'he dit que tot això de la família és complicat.

Però ara ve el millor.

Per què el meu pare fa anys que no es parla amb el seu germà? Per què no pot veure el Ben, ni ningú de la família?

Poc després d'arribar al barri, a la mare adoptiva del Ben li va tocar la loteria. Dos milions de pessetes de l'any 1998, una fortuna! Va gastar-les arreglant una mica el pis i obrint un bar a l'avinguda de l'Onze de Setembre. Va ser el primer bar de la zona, i durant molt temps gairebé l'únic. Li va posar Bar Carmen, perquè era el seu nom i perquè, deia, en aquell lloc li convindria la protecció de la Mare de Déu del Carmen. I la devia tenir, perquè des del primer dia el local estava ple de gom a gom. Va resoldre la seva vida i la dels seus fills.

El meu pare, però, mai no li va perdonar que no n'hi donés ni cinc, dels diners de la loteria. I encara menys que les poques vegades que va anar al Bar Carmen, molt al començament, la tieta li cobrés les consumicions. Allò ja va ser massa per a ell. Ell esperava trobar-hi barra lliure, al bar del seu germà, però va topar amb la generala de la seva nova cunyada. Es va emprenyar com una mona i no va tornar-hi més. No els va perdonar mai.

El nostre barri era un lloc deixat de la mà de Déu, on no era estrany veure criatures descalces pel carrer i on tothom portava, almenys, una navalla a la butxaca dels pantalons. Hi havia gent que feia servir la banyera per plantar-hi patates, i les cabres encara corrien pels carrers com si fossin gossos. Però a tothom li agradava fer-se passar les penes amb el vi a granel que servia la Carmen. A mig matí el bar ja era ple a vessar de gent que havia perdut la feina i potser estava tramant alguna malifeta. O gent que no havia treballat mai, si més no en res conegut, però guanyava diners a cabassos, com el Ben.

El Ben sempre era al bar. De vegades, rere la barra. De vegades, fent negocis en veu baixa en alguna taula. A la nit, el Ben abaixava la persiana i els companys de les timbes de pòquer entraven per la porta del darrere. Bevien whisky i fumaven sense parar. Apostaven fort. Hi havia cotxes i cases i fortunes que canviaven de mans. Algú deia que un cop fins i tot s'hi van apostar una dona. De vegades ho perdien tot. N'hi havia que tenien mal perdre. Les baralles eren molt normals. A mi aquell món em feia por però alhora em fascinava. Per això demanava al meu cosí, una vegada i una altra, que m'ensenyés a jugar a pòquer. Però ell no me'n volia ensenyar. Només deia:

—Tu no ets bo per al pòquer. Et pelarien a la primera jugada. Tu ets bo per als llibres. Tenies raó. Estudia, capgròs, que vull tenir un cosí advocat. Quan siguis advocat, et faré el meu soci i anirem a mitges en tot.

I jo m'ho creia, que algun dia seríem socis. Del Ben sempre m'ho creia tot.

Una cosa

M'he oblidat de dir-te una cosa.

Has pensat mai quantes persones han estat realment importants en la teva vida? Vull dir persones que realment t'hagin fet canviar. Normalment, en són molt poques.

Les meves són aquestes:

El Ben. Sense ell, potser m'hauria mort de gana. O de brutícia. O de tristor. Sense ell no hauria arribat a gran.

El Salinger. Sense ell mai no hauria descobert un munt de coses, de mi mateix i del món. De mi mateix: que no sóc tan estrany. Del món: els llibres són una escapatòria.

Tu. Sense tu mai no hauria descobert tot això que em bull per dins. Des que sé que existeixes el món és diferent i millor. Tu fas que el futur valgui la pena.

Excrements

Sabies que la gent no en diu *presó*, d'aquest lloc? Fa una mica de riure. En diuen *centre de reforma per a menors*. Busca-ho a Internet. Té un nom bonic, com si fos una casa de colònies. Es veu que fa molts anys era un palau de gent folrada de pasta o alguna cosa així, que van arruïnar-se i van haver de vendre-ho tot de mala manera. Els rics no m'agraden gens, són massa egoistes. Quan tens molts diners, se t'atrofien algunes parts del cervell, està comprovat. Per això vaig estar content de saber que s'havien arruïnat.

Tu no facis cas de les paraules. Que en diguin com vulguin, però això és una presó. Se sap perquè les finestres no es poden obrir, els vidres són molt gruixuts i estan cargolats als marcs de les finestres. Les portes són d'acer i no les pots obrir quan vols. Tenen doble pany i un passador per fora. A la nit ens tanquen a les nostres habitacions. El pati està envoltat de tanques molt altes i rematades amb punxes. En cada porta hi ha dos guàrdies de seguretat, que ens vigilen nit i dia. No hi ha un sol passadís ni un sol racó que no estigui controlat per una càmera. Aquí et graven des que et lleves fins que te'n vas a dormir. I si et portes malament, els de seguretat ho veuen, i corren a avisar. Oi que no hi aniries de vacances, a un lloc així? Jo tampoc.

El més divertit és que els mòduls on vivim duen noms de vents: Garbí, Mestral, Llevant i Xaloc (que és el de les noies). Té gràcia, oi? Hi ha alguna cosa més lliure que el vent? Segurament es pensen que així és més bonic. Per la mateixa raó, les parets estan pintades de colors alegres: groc, blau, verd. Colors que conviden al bon rotllo, com aquells que tria la gent per a l'habitació dels nens petits. Tot això ho fan perquè ens sentim millor, perquè oblidem que som on som, perquè pensem que tot va bé. No serveix de res.

La veritat és que als qui manen els molesta

que existim. No poden suportar que hi hagi gent com nosaltres. Som l'evidència del seu fracàs. Nosaltres existim perquè ells no han fet bé la seva feina. Som els errors que els adults s'amaguen a si mateixos.

Som els excrements de la societat. I com més s'engreixen els de dalt, més nombrosos som nosaltres.

Allò que tothom vol saber

Això és el que diuen les estadístiques: l'any que vaig arribar aquí hi va haver més de divuit mil delictes comesos per menors d'edat. Els més freqüents van ser els robatoris: 9.782. Després vénen les lesions: 2.416. Les lesions és quan et baralles amb un paio, li claves una puntada de peu i li fas mal de debò. Tot seguit els «delictes contra la llibertat i la indemnitat sexual»: 267. Al capdamunt de la llista hi ha els assassinats. «Homicidi i les seves formes», hi diu. Total: 44. Dels 44 delinqüents, només tres tenien 14 anys a l'hora de cometre el crim. Tres és molt poc.

Ja sé que faig moltes voltes i no explico res d'interessant. Mai no havia escrit una carta (suposant que això ho sigui) tan llarga ni tan feixuga. Només busco la manera de dir-te una cosa que vull que sàpigues. Hi tens dret.

Ja sé que fa estona que t'ho hauria d'haver dit, però em feia por. Tothom vol saber què vaig fer, per què sóc aquí. Els mestres, els metges, els psicòlegs, el director, tothom. A mi no em fa res, que preguntin. Jo no me n'amago. Igualment, ho sabran tard o d'hora. És al meu expedient, va sortir als diaris i a les notícies. No és cap secret.

Quan algú em pregunta, li ho dic sense que em tremoli la veu:

—Assassinat en primer grau. Sóc un assassí. Ho va dir el jutge.

De vegades em pregunto què van fer els altres dos.

Reixes

Tinc uns records molt clars del dia que tot va canviar. És estrany, perquè, dels dies anteriors, en recordo poques coses.

Érem a casa del Kevin, perquè el Ben no volia que anéssim a casa seva. La policia va detenir-nos a tots tres, tot just quan anàvem a sopar. El Kevin havia demanat una pizza familiar amb almenys deu ingredients de més. Es veu que la trucada va ser important per a la policia, va servir per localitzar-nos o una cosa així. El Kevin era un dels col·legues més col·legues del Ben. Un dels fixos de les timbes de pòquer. Ens estàvem pixant de riure perquè la pizza era plena de coses estranyes totes barrejades: pinya, olives, *pepperoni,* tàperes, gambes i no sé quantes merdes més que no lligaven de cap manera. El Ben deia al Kevin que era un inútil i un porc, que totes aquelles coses no es podien barrejar en una mateixa pizza. El Kevin arronsava les espatlles i feia:

—I per què no? Tot és menjar, *tio!*

El Ben estava emprenyat de debò. El Kevin passava de tot i repetia:

—Fa bona olor, eh, fa molt bona olor, eh.

El Kevin és un golafre que es menjaria la seva mare posada sobre una massa de pizza. Pesa unes deu tones o així, pel capbaix. És rodó com una pilota, tot greix. Fa una mica d'angúnia.

—Tasta-la tu, capgròs. I em dius com està —va dir el meu cosí.

Vaig agafar un tros de pizza i vaig fer la primera queixalada. La veritat és que era bona. Aquestes porqueries sempre són bones, hi posen unes pólvores o uns succedanis de sabor o no sé què, però sempre fan el mateix gust deliciós. Tot està pensat perquè en mengis fins a posar-te malalt, i no pensis ni per una vegada què t'estàs menjant. La veritat és que ho aconsegueixen.

Tot just quan el Ben acabava de decidir-se a menjar, van trucar a la porta molt fort, dues vegades.

No va ser com a les pel·lícules. Ningú no va dir «obriu la porta, policia!», ni res d'això. Nosaltres ens vam mirar.

El Ben va saltar:

—Merda, merda, merda!

El Kevin va dir:

—El cotxe és a la porta.

Però el Ben va assenyalar les finestres. El pis era un baix i hi havia reixes pertot arreu.

—I per on sortim, imbècil? Travessem les parets? —va preguntar el meu cosí.

Quan fas instal·lar reixes a les finestres, sempre penses en la gent que voldrà entrar a casa teva, mai que potser tu en voldràs sortir i no podràs.

Van tornar a trucar a la porta. Aquest cop més fort. El Ben em mirava fixament. Em va semblar que estava cagat per primer cop a la vida. No l'havia vist mai així. Em va dir, baix baixet:

—Capgròs, ja saps...

Jo vaig respondre:

—Sí. Tranquil.

Ho sabia prou bé. N'havíem estat parlant. L'única cosa que havia de fer era no posar-me nerviós, recordar tot el que m'havia dit i fer les coses com s'esperava.

Van tornar a picar a la porta. No hi havia altre remei: havíem d'obrir. Ho va fer la bola de greix del Kevin. No el podia decebre.

—Hola —va saludar, com si acabés d'arribar un altre repartidor de pizzes.

Un *poli* alt i prim li va preguntar si estava sol. Ell ens va assenyalar amb la barbeta, sense dir res. Van entrar tres policies més. Ens van demanar, amb no gaire educació, que ens poséssim contra la paret amb les cames separades. Un d'ells ens va escorcollar. Va trobar una navalla en una butxaca del Kevin. El Kevin els va dir que era per tallar la pizza. També va trobar un feix de bitllets de cinquanta a les butxaques del Ben. Li van preguntar què eren tants diners. Ell va dir que eren els seus estalvis. A mi no em van trobar res. Mentrestant, els altres *polis* es miraven el nostre sopar, com si tinguessin gana.

Aleshores ens van preguntar si era nostre el cotxe que hi havia aparcat fora. El Ben va dir que era seu. Li van demanar les claus. El Ben les hi va donar. Ens van preguntar quants anys teníem.

—Vint —va dir el Kevin.

—Dinou —va dir el Ben.

—Catorze —vaig fer jo.

Ens van dir que havíem d'anar amb ells a comissaria i que marxàvem de seguida. El Ben va preguntar si podia anar al bany. Li van dir que ja hi aniria a comissaria. Ens van emmanillar a tots tres. Al meu cosí i al seu col·lega, amb les mans al darrere. A mi me les van deixar al davant.

Ens van fer pujar a dos cotxes diferents. La bola de greix i el Ben, en un. Jo en l'altre. Hi havia una mena de vidre gruixut entre els seients del davant i el del darrere. Les portes no s'obrien des de dins.

A comissaria ens van posar en habitacions separades. Va ser molt avorrit. Van preguntar-me si volia trucar als meus pares. Com a menor d'edat hi tenia dret. Vaig dir la veritat: que no.

—Qui és el teu tutor?

—L'Estat —vaig dir, i vaig donar l'adreça del centre d'acollida i el nom del director.

—Tens cap parent a qui vulguis avisar que ets aquí?

L'únic familiar que hauria volgut avisar era el Ben. Vaig fer que no un altre cop.

—Llavors, ara passarà el teu advocat.

—Jo no tinc advocat.

—Tothom té advocat. El necessitaràs per al dia del judici.

Ningú no me n'havia parlat, de cap judici. Jo només pensava que ho havia de fer bé. Havia de parlar poc. No ficar la pota.

Em van fer esperar molta estona. Mentre era allà em preguntava què devien estar fent el Ben i el Kevin. Potser ja els havien deixat marxar. Potser ja eren a casa. O potser estaven tan avorrits com jo. No sabia com anaven, aquestes coses. Mai no m'havien detingut.

Tot d'una es va obrir la porta i va aparèixer un home amb jaqueta, camisa i texans. No portava corbata. Millor, perquè li hauria quedat molt malament.

Va seure davant meu, va treure uns papers, se'ls va mirar. Llavors va dir:

—Tu ets Èric González Pascual?

Vaig fer que sí amb el cap.

—Molt de gust —i em va allargar la mà.

Al principi no vaig saber què fer. Em vaig

quedar mirant-li la mà aturada en l'aire, com un idiota. Només després d'uns segons, quan ell la va bellugar una mica, vaig entendre que m'estava saludant i la hi vaig encaixar.

—Sóc l'Albert, et teu advocat. Ens veurem força durant les properes setmanes. La meva feina és ajudar-te, m'entens? Aconseguir que et declarin innocent o que et caigui una condemna petita. Traçarem una estratègia i ens en sortirem, ja ho veuràs. Però has de començar per dir-me tota la veritat. No puc treballar si m'amagues informació, ho has entès?

Me'l vaig mirar fixament. Em queia bé.

—Comencem pel principi. Saps per què som aquí?

No vaig dir res. No vaig moure ni un múscul.

—Estàs bé, noi? —va preguntar el meu advocat—. Vols una mica d'aigua? Vols que demani als mossos d'esquadra que et prenguin declaració demà? De vegades ho fan.

—Vull acabar —vaig dir, i era veritat.

—Bé. M'agrada sentir-te la veu, home —va somriure, abans de continuar—. Pots respondre'm la pregunta, si us plau? O vols començar per alguna altra cosa?

Podríem haver estat allà un temps insuportable si no haguessin vingut a buscar-me per prendre'm declaració. L'Albert va aconseguir que ens deixessin cinc minuts més i els va aprofitar per dir-me què havia de fer allà dins. O, millor, què no havia de fer.

—No diguis res, m'entens? —va dir, aixecant una mica la veu i parlant de pressa—. No diguis res de res. Tens el dret a no declarar. Ja ho faràs més endavant, quan hàgim pogut preparar junts la teva defensa, quan et passi l'ensurt que portes a sobre. Només els has de dir: «M'acullo al meu dret a no declarar». No passa res. I és el millor per a tu. Si no, qualsevol pas en fals que donis aquí podria portar-nos problemes. M'has entès?

Vaig fer que sí amb el cap.

Ell va fer un gest triomfal, com el d'un entrenador quan veu que el seu equip marca un gol. Em va donar un cop a l'esquena i em va dir:

—Molt bé, xaval, tot anirà bé. Mai no he perdut un cas, jo.

Jo només vaig pensar: «Llàstima que el primer serà el meu».

Confessió

Em van fer passar dins d'un despatx on hi havia un *poli* assegut davant un ordinador i un altre que feia preguntes. Mentre jo responia, el de l'ordinador ho escrivia tot. Algunes preguntes no eren fàcils de respondre: «On eres dimarts passat? De què coneixies Marta Villanueva? Et queia bé? Quina mena de relació teníeu? Com era? Saps conduir? Qui te n'ha ensenyat? Has agafat el cotxe del teu cosí últimament?».

De cop i volta em vaig sentir molt cansat. Esgotat. M'hauria agradat no ser allà. No ser jo. No entenia per què no em feien l'única pregunta important. Van trigar moltíssim, però finalment ho van fer.

—Vas matar tu Marta Villanueva?

Vaig pensar: «Ara em deixaran dormir».

Vaig dir:

—Sí.

Van aturar-se per mirar-me millor.

—La vas matar tu? —van preguntar de nou.

—Sí.

Un silenci. Un encreuament de mirades entre els dos policies.

—Per què? —va preguntar el que feia les preguntes.

—Era molt pesada —vaig dir.

Vaig notar aquella ganyota de fàstic, de menyspreu absolut, cara de mirar una panerola, una bèstia que s'arrossega per la brutícia i que vols lluny de tu. Com més lluny millor.

Quan les paneroles moren, fan felices les persones.

Vaig pensar que m'hi havia d'acostumar. A partir d'ara, molta gent em miraria d'aquella manera.

Primer dia d'eternitat

Va ser un pal. De la comissaria a un edifici horrible de la Ciutat de la Justícia. La fiscalia de menors, em van dir que era. Allà m'hi vaig estar tot un dia. Van posar-me en una garjola on només hi havia un banc de fusta i un vàter. Em van donar menjar, però jo no tenia gaire gana. No hi havia ningú més. Em van dir que m'havia d'esperar, però jo no sabia què esperava. Em vaig avorrir molt. Devien ser més de les cinc de la matinada quan es va obrir la porta i va aparèixer de nou l'Albert, l'advocat dels texans. Ara portava pantalons de vestir i corbata. Era un advocat com tots. Una mica més simpàtic. Em van demanar que sortís. A fora hi havia un altre home. Em va dir que era el fiscal i que ara anàvem a veure el jutge.

Vaig notar que em tremolaven les cames.

M'hauria agradat poder parlar amb el Ben, que em digués què havia de fer. Ell segur que ho sabria. Però el Ben no hi era. Vaig pensar que potser l'havien dut a una altra banda, perquè aquell edifici era només per a menors d'edat i el meu cosí ja tenia 19 anys. Poques hores després vaig saber que l'havien deixat lliure i me'n vaig alegrar molt per ell. No vaig preguntar què havia passat amb el Kevin. La pilota de greix m'era igual.

El fiscal em va fer preguntes i més preguntes. Era com si dubtés de cada cosa que li deia. I això que jo parlava clar. Va tornar-me a preguntar si ho havia fet jo. Va preguntar-me si algú m'havia ajudat. Va voler conèixer els motius. Em va preguntar si era conscient del que m'estava jugant amb tot allò. Li vaig dir que si fa no fa. Em va dir que no fos idiota, que digués la veritat. Llavors el vaig mirar als ulls i li vaig dir que ja la hi estava dient. Va deixar anar un sospir. Com si li sabés greu.

Llavors van portar-me fins aquí. Vaig arribar emmanillat (aquesta vegada amb les mans al darrere), en un furgó de la policia. Van deixar-me a la porta, em van treure les manilles i van marxar sense ni dir-me adéu (ningú no s'acomiada de les paneroles).

A la porta s'esperava una dona. Es va presentar dient-me que era la sotsdirectora i que ara m'havia de buidar les butxaques i deixar les meves coses en una safata de plàstic. Hi vaig deixar el mòbil, un braçalet de cuiro, un bitllet de vint euros i les claus de casa del Ben. No portava res més. Em va donar un resguard i me'l va fer signar. Després, em vaig haver de despullar i dutxar-me. Em vaig vestir amb roba neta que no havia vist mai (uns texans i una samarreta groga horrible) i em van dir que podia fer una telefonada a qui jo volgués. Un altre cop va preguntar-me si volia trucar als meus pares.

Vaig trucar al Ben. Al mòbil. Em va anar bé escoltar la seva veu, però ell no volia parlar. Només em va dir que m'animés, que no estigués trist, que la tristor és de covards.

—Ja veuràs com passa de seguida, tot això. I quan surtis, ho celebrarem, capgròs.

Li vaig preguntar si em vindria a veure aviat.

—I tant que sí! —em va dir, però la seva veu va sonar més aviat a «quan pugui, ara estic molt ocupat».

Quan vaig penjar, estava una mica fet pols. De fons m'havia semblat sentir la tele a tot volum i la veu del Kevin dient animalades, com sempre. M'hauria agradat ser amb ells. No vaig pensar a preguntar-li on eren. Però de segur que no eren a casa el Kevin. Potser el Ben havia tornat a casa, vés a saber. M'hauria agradat tornar-li a trucar per preguntar-li-ho, però aquella dona em va dir que no podia ser, perquè ja no podia fer cap més trucada.

—Una i prou —va repetir, perquè em quedés clar.

Em va fer passar a una habitació sense finestres ni mobles ni res, un cub blanc on només hi havia un llit i una porta de ferro que es tancava només per fora.

—Saps llegir? —em va preguntar.

—És clar.

—Té, llegeix això. Són les normes del centre —em va dir, mentre em lliurava uns quants fulls de paper tots plens de lletres petites—. Si tens cap problema de comprensió, demà te l'aclarirà una educadora.

Vaig passar molt de parlar-li del munt de coses que m'havia llegit i menys encara de dir-li que jo no en tenia, de problemes de comprensió lectora.

—Aquesta nit dormiràs aquí —va continuar ella—. Demà t'assignarem un mòdul i una habitació, i podràs conèixer els teus companys i el personal del centre.

Era com ser en una escola de Primària durant el primer dia del curs.

—Quant de temps m'he de quedar aquí? —vaig preguntar.

—Aquí, només aquesta nit. Demà passaràs al teu mòdul i…

—Dic aquí, al centre —vaig dir.

—No has sentit el jutge? —va preguntar ella—. T'ho ha dit ben clar. No l'escoltaves?

Estava molt atabalat. Tenia mal de cap. M'hauria agradat dir-li que, quan el jutge va parlar, jo l'escoltava, però que no vaig entendre res de res. Les paraules que feia servir eren molt difícils. No sabia què volien dir.

—Cinc anys de règim tancat i tres de vigilada —va fer ella.

Devia fer cara de no entendre res, perquè m'ho va explicar sense que jo li ho demanés.

—Cinc anys aquí, sense permisos. Es diu

en règim tancat. Després, tres anys més fora, però passant a veure el jutge cada quinze dies. Tot això suposant que siguis molt bon minyó, és clar.

Quan tens 14 anys, cinc anys és un munt de temps. Més d'una tercera part de la teva vida. 1.825 dies idèntics, eterns, buits. L'eternitat són cinc anys.

—Ara llegeix les normes i mira de descansar —va dir la sotsdirectora—. Demà t'espera un dia ple de novetats.

La porta es va tancar amb molt escàndol i em vaig quedar allà, tot sol, enmig del cub blanc. El llit no tenia llençols, només un matalàs folrat d'hule. Al capçal i als peus hi havia unes corretges de cuiro, que es tancaven amb sivelles i clau. Vaig preguntar-me per què devien ser.

El silenci era total.

Tenia ganes de plorar.

Vaig recordar el Ben: «Ep, capgròs, la tristor és de covards».

Vaig pensar: «O d'assassins».

Vaig asseure'm en aquell llit dur i fastigós i vaig començar a llegir les normes del paper.

Les normes

Aquest paper té la finalitat de proporcionar-te informació per escrit del centre on ets, dels drets i deures que tens mentre estiguis internat, de l'organització general del centre, de les normes de funcionament, del règim disciplinari i d'altres temes referents al teu internament.

Mentre estiguis internat tens l'obligació de complir els deures següents:

1) Romandre en el centre fins que el jutge de menors no disposi la teva llibertat definitiva.

2) Rebre l'ensenyament bàsic que et correspon.

3) Respectar i complir les normes i totes les instruccions que et donin els professionals del centre.

4) Ser respectuós i considerat amb tothom, professionals i companys d'internament.

5) Complir les normes d'higiene personal i de vestuari que t'indiquin.

6) Fer les activitats de neteja, ordre i higiene de la teva habitació i també de les dependències comunes.

L'incompliment dels deures té conseqüències, que són les següents:

—Podràs ser corregit de la teva conducta en públic o en privat.

—Podràs ser sancionat disciplinàriament d'acord amb el procediment establert.

—Si la teva conducta fos molt greu el director del centre ho denunciarà al fiscal de menors o al jutge d'instrucció, els quals podrien obrir una nova causa penal contra tu per aquests fets.

El centre té diferents professionals que tenen funcions concretes per poder atendre't en diferents aspectes: psicòlegs, psiquiatres, treballadors socials, metges, infermers, educadors, mestres d'ensenyament, mestres de formació laboral, administratius, personal de servei i manteniment.

Al centre també hi ha un equip de vigilància que té per finalitat garantir la seguretat de totes les persones i instal·lacions.

Mentre siguis al centre tindràs assignat un educador que serà el teu tutor. El teu tutor farà un seguiment de la teva evolució al centre. Freqüentment mantindràs entrevistes amb ell. Sempre que tinguis qualsevol pregunta, dubte o dificultat t'has d'adreçar a ell.

Els professionals del centre dissenyaran un programa d'activitats de caràcter formatiu, laboral i d'hàbits, ajustat a les teves característiques personals. La participació en aquestes activitats és obligatòria. Del teu rendiment en les activitats depenen decisions importants que poden afectar-te.

Hi ha una sèrie d'objectes i substàncies que no podràs tenir dins del centre perquè estan prohibits per raons legals, de seguretat o d'ordre: flascons de colònia, fotografies de mida carnet, tisores, encenedors o llumins, objectes que punxen o perillosos, bosses esportives amb butxaques...

La tinença d'objectes prohibits és una falta disciplinària greu. També són faltes disciplinàries greus insultar o faltar al respecte a qualsevol persona del centre, desobeir les directrius i les instruccions rebudes o resistir-se passivament a complir-les o causar danys en el material o les instal·lacions.

Tens dret a ser visitat, dins del centre, pels teus pares, representants legals, familiars i altres persones en els dies de visita setmanal.

Les visites s'han de desenvolupar segons unes normes d'ordre. Si aquestes normes no es compleixen, les visites poden ser suspeses.

Els actes d'indisciplina no estan permesos. Les sancions disciplinàries aniran des de separació del grup de tres a set dies a l'amonestació. La llei ha previst que podran ser utilitzats determinats mitjans de contenció.

Dilluns, dimecres i divendres de quatre a cinc

Em sap greu, m'està sortint una carta molt llarga (i encara no sé si és una carta). Vull explicar-te allò dels horaris. Per què sempre t'escrivia missatges de quatre a cinc. Per què els meus missatges eren sempre tan curts. Per què tot d'una te'n vaig enviar un de més llarg però el vaig haver de deixar a mitges (i encara sort que vaig poder pitjar el botó «Envia» en l'últim moment). Per què després vaig desaparèixer uns dies. I per què vaig tornar i vaig desaparèixer de nou.

Ja t'he dit que estudio. Aquí tothom fa tallers (és obligatori), però pocs els aprofiten realment. Jo sóc l'únic que estudia Batxillerat de tots els interns del centre. És fort, oi? Els professors estan contents de mi. Durant molt temps he estat un intern i un estudiant model i alguns professors m'han donat permís per fer coses que aquí estan prohibides. Per exemple, connectar-me a Internet. Sóc responsable, jo. I treballador. Entrar a certs webs podia ser molt profitós per a mi i per als meus estudis. Van donar-me permís per entrar al web de les biblioteques públiques. Des d'allà podia consultar els catàlegs en línia i demanar llibres. El primer que vaig fer va ser demanar *El vigilant en el camp de sègol* i tornar-me'l a llegir. Me'n sabia algunes parts de memòria, però m'era igual. A mi la història d'en Holden em semblava diferent cada vegada. Aquest cop, per exemple, vaig adonar-me d'alguns detalls que no havia vist abans i que em van agradar molt. Sobretot, aquell patiment que té vers els ànecs del llac. On van a l'hivern els ànecs del llac de Central Park? Què fan quan l'aigua es congela? S'ho pregunta un cop i un altre, i ho mira de saber per totes bandes, però ningú no li ho sap dir. Ningú no sap on es fiquen els ànecs del llac, a l'hivern, quan van mal dades. Jo no he anat mai a Nova York i no crec que hi vagi mai, però si passés per Central Park a l'hivern també patiria pels ànecs. En un lloc o en un altre han de ser, no creus?

Vaig preguntar al professor si podia deixar la meva opinió sobre els llibres que llegia al web dels lectors de la biblioteca. Em va donar permís. Per registrar-me al fòrum em calia un correu electrònic. Me'l vaig crear —també amb permís del *profe*— fent servir el nom del meu admirat protagonista. Quan el sistema em va preguntar el meu nom i la meva edat, vaig pensar en algú altre. No sé per què ho vaig fer, potser perquè jo no m'he agradat mai gaire, a mi mateix. Internet ens permet ser altres persones, és fantàstic. Per això vaig posar una altra vegada el nom del protagonista, i la meva edat de llavors, 17. Vaig pensar que no era important, al cap i a la fi el meu registre no el consultaria mai ningú. No em sabia el nom de cap més institut, en això vaig haver d'escriure la veritat. O una veritat a mitges, perquè ara ja no hi anava, al Ricard Salvat.

De vegades penso què hauria passat si no hagués escrit aquell comentari..., si no hagués llegit Salinger..., si no hagués conegut la bibliotecària simpàtica, si no...

No et fa por pensar en com de diferent hauria estat la teva vida si t'haguessis desviat només un mil·límetre del camí? A mi sí.

Tenia correu electrònic, però no me'l deixaven consultar. Van dir-me que potser més endavant, si continuava amb aquella bona conducta. Però de sobte al web de la biblioteca vaig llegir un avís: havia rebut un missatge privat al meu correu. Mai no havia rebut cap correu, em moria de ganes de saber qui m'escrivia. Vaig desobeir les normes per primera vegada per llegir-lo. Aquí, desobeir les normes pot ser un joc perillós. Et pot caure una falta greu. Una falta greu comporta el càstig de dos dies d'aïllament. Vaig pensar que només me la jugaria un cop i que no m'enxamparien. Llavors vaig trobar el teu missatge.

Volia respondre't. Em vas agradar des que vaig llegir-te per primera vegada. Només podia mirar el correu d'amagat, i només quan tocava classe de Llengua. És a dir, dilluns, dimecres i divendres. El *profe* de Llengua es refiava de mi, de vegades no m'estava tan a sobre, de vegades obria un llibre i llegia. Jo aprofitava per maximitzar la finestreta del correu i respondre't ràpidament, sense fer soroll amb el teclat. Era molt difícil. I molt arriscat.

El professor va trigar a adonar-se'n. Llavors em va canviar de lloc i em va prohibir utilitzar l'ordinador. No va comunicar al director la meva conducta. Va dir que de moment em donava un vot de confiança. Jo no vaig trigar a trencar-lo. La segona vegada que em va enxampar ja no va ser tan benvolent. La meva tutora em va anunciar que a partir d'aquell moment m'estava prohibit acostar-me a l'ordinador. Per res.

De poc no em moro.

T'havia d'escriure. M'era igual, el càstig. En el teu darrer missatge em deies que t'agradava. Em pensava que em tornava boig.

De sobte se'm va acudir una idea genial. Em vaig tirar a terra i vaig començar a moure'm com si tingués convulsions. Vaig fer veure que em venia un atac (no sabia de què). Van portar-me corrents a la infermeria. Bingo! Allò era just el que jo volia.

El metge em va reconèixer però no em va trobar res. Jo li deia que em feia molt mal aquí —i assenyalava la panxa, l'apèndix, l'estómac...— i ell va decidir deixar-me una estona en observació. Vaig tancar els ulls, fent veure que dormia. El metge s'estava allà, a la seva taula, fent anar el seu ordinador. Un ordinador connectat a Internet sense restriccions. Només necessitava una oportunitat. Encara que fos petita. Passada una estona, el metge també es va relaxar. Llavors algú li va demanar alguna cosa i ell va sortir un moment.

Jo era allà, atent a tot. Així que es va tancar la porta, vaig córrer cap a l'ordinador, vaig obrir el navegador, la pàgina del correu, el teu missatge. Respon. I et vaig escriure un missatge tan de pressa com vaig poder.

Em va enxampar. Va entrar de cop al despatx i em va trobar assegut a la seva taula. Per sort, vaig tenir prou reflexos per enviar el missatge, que no estava acabat (però gairebé).

El metge va dir:

—Anem al despatx del director.

Desobeir les ordres és una falta molt greu. Tramar coses, també. En aquest lloc més val no tramar res. Em van caure cinc dies de separació del grup. Van portar-me a les cel·les de baix, aquelles dels llits sense llençols i les parets blanques que ja coneixia del primer dia.

—Si em dónes ni mig problema, et lligo al llit, entesos? —va dir-me el guàrdia de seguretat.

El meu únic problema era pensar com m'ho faria per tornar a parlar amb tu.

Era dimecres. Vaig estar-me en aquell forat fins dilluns al migdia.

—Espero que t'hagin passat les ganes de desafiar-nos —em va dir el director quan vaig sortir.

Però dimecres següent ho vaig tornar a aconseguir. El professor de Llengua era idiota. Va sortir un segon a parlar amb no sé qui. Era com deixar un gos famolenc al costat d'un tros de carn deliciosa. Vaig tenir el temps just d'entrar al correu i escriure't dues línies.

Aquest cop va ser pitjor. Em van caure set dies. I com que vaig cridar demanant què hi havia de dolent a escriure un correu a una amiga, me'n vaig passar un de sencer lligat al llit. T'asseguro que no és el més agradable que m'ha passat a la vida.

Ja ho diuen, les normes: «Els actes d'indisciplina no estan permesos. La llei preveu que podran castigar-se…». Bla bla bla…

Almenys, ara ja sabia per a què eren les corretges.

Tot és cultura, ves per on.

V / F

Em va tocar el mòdul Garbí, l'habitació 4 i una de les dues lliteres de dalt. Les habitacions són de quatre persones. Cadascú de nosaltres té un suro per penjar el que vulgui (però estan prohibides les ties en pilotes i les coses que puguin ofendre els altres), un tros de lleixa per posar la roba i un tros de taula. Hi ha una cadira però s'ha de compartir. Està prohibit tenir més de quatre pantalons, quatre samarretes i quatre calçotets. No es poden dur objectes de valor ni diners. Tenim una dutxa per a quatre, però dins la dutxa també hi ha el lavabo i el vàter. Sempre que et dutxes hi ha tres paios que et miren. La presó no és per a solitaris ni tampoc per a tímids. Has d'estar preparat perquè tothom et vegi el cul.

Els companys d'habitació no eren res de l'altre món. Aquí tothom fa cara de resignat i va a la seva. Ens hem d'aguantar, ens hem de portar bé, hem de ser bons minyons. Al principi, costa, però t'hi acostumes.

No vaig tenir temps ni de mirar quina lleixa em pertocava, que ja m'estaven esperant. Era una dona jove i força guapa. Feia bona olor i somreia.

—Hola, Èric, sóc la Laura, la teva tutora —em va dir—. Des d'avui seré l'encarregada de valorar els teus progressos. Vetllaré per tu i t'estaré molt a sobre. Seré una cosa així com la teva germana gran, entesos? Qualsevol cosa que tinguis o necessitis, me la pots dir.

Aquella presentació no em va agradar gens. Tot seguit vam anar fins a una aula. M'havia de fer una prova de nivell per veure com anava en els estudis, em va explicar. La primera prova consistia a llegir una història sobre Robin Hood als boscos de Sherwood. Es titulava *Fora de la llei* i a mi em va semblar un títol molt poc apropiat per a un lloc com aquest. Després s'havien de contestar algunes preguntes com ara «On et sembla que es troba el bosc de Sherwood? Raona la teva resposta» o «Per què plorava Robin

Hood mentre fugia bosc enllà?». Era bufar i fer ampolles. Robin plorava de ràbia, perquè per culpa de l'engany d'un grup de guàrdies ara era un fugitiu buscat per la justícia. Vaig escriure molt i sense faltes d'ortografia. No sé ni com ho vaig fer tan bé, tan cansat com estava.

Després van seguir altres proves, un munt de preguntes de tipus test. Una deia: «Indica, entre els següents, quins són els teus principals problemes». Les opcions eren: «1) Matrimoni 2) Cansament 3) Malaltia 4) Drogues 5) Soledat 6) Problemes mentals 7) Treball 8) Estudis 9) Alcohol 10) Conducta antisocial 11) Altres». Després de rumiar-m'ho molt, vaig marcar la 2 i la 5.

«Indica quines són les teves aficions», deia una altra pregunta. Vaig escriure: «Llegir. Passejar. Pensar». Després vaig començar a menjar-me el coco sobre si pensar era o no era una afició, però ja estava fet.

El pitjor van ser les proves psicològiques. Totes aquelles frases estúpides, on havies de marcar la casella V (vertader) o F (fals).

«Darrerament he començat a tenir desitjos de destrossar coses» F.

«Sovint deixo que els altres prenguin per mi decisions importants» V.

«Em sento desorientat, sense objectius, i no sento cap on vaig a la vida» V.

«Els càstigs mai no m'han impedit fer allò que jo volia fer» V.

«M'estic sol gairebé sempre i m'agrada» V.

«Sovint d'altres persones em culpen de coses que no he fet»...

Algunes les vaig haver de rumiar.

Hi hauria d'haver hagut una frase més: «Quan responc tests absurds, menteixo a propòsit». Veritat? Mentida? Qui sap què tens per dins? Ni tu no ho pots saber del cert, de vegades.

N'hi havia 175! Em costava decidir-me. Encara pensava que no volia ficar la pota. Ja res no tenia cap importància. Havia començat la darrera fase, que també és la més terrible. Se'n diu «Execució penal».

Règim de visites

El meu cosí va trigar més d'un mes a venir-me a veure. Trenta-quatre dies. Li vaig preguntar com era que no havia vingut abans i em va explicar que estava molt atrafegat i que no tenia temps per res. També em va dir que potser ara no vindria durant un temps, però que seria allà el dia del judici. Encara no se sabia la data del judici, però l'Albert havia dit que seria aviat. Es veu que la meva confessió havia estalviat molta feina a la policia. El Ben em va dir que sempre seria al meu costat i que el dia que sortís d'aquí, ell m'esperaria fora per ser el primer a fer-me una abraçada i portar-me a casa.

—M'he comprat un pis a Barcelona. Al barri de Gràcia. Anirem allà. T'agradarà molt, ja ho veuràs.

Però per a mi, el pis de Barcelona quedava

molt i molt lluny, encara. Cinc anys d'eternitat.

—Pots portar-me la meva roba, Ben? —li vaig preguntar.

—No te'n donen, aquí?

—Sí, però és horrorosa.

—Doncs jo et veig bé.

—Ben...

—Està bé, ho intentaré.

—Ja t'han tornat el cotxe?

—No. Diuen que no me'l tornaran.

—Merda.

—Sí.

—Saps que volien que demanés perdó als pares de la Marta? Diuen que és bo per a mi i per a ells.

—Qui ho diu?

—Els educadors socials.

—Estan penjats, aquests paios.

—Sí.

—Ho faràs?

—No volen veure'm.

—Si ho fas, no fiquis la pota.

—No.

Un silenci, un gest amable.

—Ja ho sé, Ric. Ja sé que no la ficaràs. Estic

molt orgullós de tu, de debò. T'has comportat. Quan surtis d'aquí, serem socis. Guanyarem molta pasta.

Em van fer sentir bé, aquelles paraules. El meu cosí se sentia orgullós de mi. Per a mi era important.

Amb somriure d'enquestador, em va preguntar:

—Què és el pitjor i el millor d'aquest lloc, capgròs?

No vaig haver ni de pensar:

—El pitjor són els horaris. Tenim ocupat tot el sant dia. I l'esport és obligatori!

—Això està bé, nen. Així et poses en forma, que a aquest pas acabaràs com el Kevin. Però a més, també estudies, no? És el que volies.

—Sí.

—I el millor què és? —va continuar amb l'enquesta.

—El millor és el menjar —també sense pensar—. Ens en donen quatre cops al dia. Hi ha de tot i es pot repetir. I per berenar ens donen un entrepà així —vaig fer la mesura amb les mans: dos pams.

La visita no va durar ni mitja hora. El màxim

permès segons les normes del centre és una hora i mitja. Però el Ben estava nerviós. Vaig pensar que era la presó, que el neguitejava.

No el vaig tornar a veure fins al dia del judici.

Tampoc no em va portar la meva roba.

Perdre el temps

Ja t'he parlat de l'Albert, el meu advocat. Un bon paio. Es prenia molt seriosament la seva feina. Després he sabut que els advocats d'ofici cobren una misèria. Tot i així, va preparar la meva defensa com si li anés la vida. Malauradament, jo no vaig col·laborar gaire. L'Albert es va enfadar molt amb mi. No l'he tornat a veure, d'ençà del judici. De vegades, penso en ell. En les coses que m'hauria agradat explicar-li, i no li vaig explicar.

El primer cop que va venir a veure'm a la presó estava molt enfadat.

—Et vaig dir que no diguessis res, Èric, te'n recordes? Que t'acollissis al teu dret a no declarar. I tu vas i et confesses culpable a la primera oportunitat. L'has cagada, *tio!* L'has cagada ben cagada! Ens costarà molt, arreglar això.

—Ho sento —vaig xiuxiuejar, perquè realment em sabia greu.

Érem en una sala d'aquelles que semblen una clínica. Taula blanca, parets blanques, cadires blanques. Ell mirava els seus papers (que també eren blancs) i respirava fort.

—Escolta'm bé. Direm que estaves nerviós, d'acord? Que no sabies el que et deies. M'estàs escoltant?

No vaig respondre. No volia donar-li disgustos. No volia que s'enfadés.

—El jutge et preguntarà si ho vas fer tu, però tu li diràs que no. Entesos? Li diràs que ets innocent. M'has sentit?

No vaig contestar. No volia donar-li més disgustos. Em sabia greu que s'enfadés.

—I quan et pregunti per què a la policia li vas dir que ho havies fet tu, diràs que estaves molt marejat i que tenies molta son.

Vaig abaixar el cap i vaig mirar molt fixament una taca de la mida d'una puça que hi havia a la taula. Feia lleig aquella taca negra sobre aquella taula tan neta i tan blanca.

—Igualment —va continuar ell—, l'interrogatori es va fer a les cinc de la matinada, en una hora poc freqüent. Direm que no vas poder descansar. Direm que no recordes res de la teva declaració, que se t'ha esborrat.

Vaig moure una mica el cap, no gaire.

—Bé. Anem per la teva relació amb la víctima —va continuar.

Tota l'estona deia «la víctima». No li deia pel seu nom. Això m'agradava, perquè em feia sentir millor.

—M'han dit que era nòvia teva.

Vaig aixecar el cap.

—Qui t'ho ha dit? —vaig fer.

—Una companya de classe. Us van veure junts en una festa —va mirar els papers, buscant la dada exacta—. A la Castanyada de l'any passat.

Devia haver estat la Vero. La Vero també hi era, a la Castanyada. La Vero mai no s'assabenta de res. Aquella nit no ens treia l'ull de sobre, a la Marta i a mi. A mi no m'agradaven les festes. Hi vaig anar per compromís, per veure qui hi havia, però me'n vaig cansar de seguida. Em penso que la Vero anava una mica per mi, no ho sé. Vaig marxar cap a casa aviat, per estalviar-me problemes. La Vero em posava nerviós. Abans totes les noies em posaven nerviós.

La Marta em va seguir. Va cridar-me que m'esperés, que em volia preguntar una cosa. Jo no tenia ganes de parlar amb ella, ja sabia què em preguntaria. Sempre em preguntava pel Ben. Estava boja pel Ben, la Marta. Volia que la convidés a casa nostra, per veure'l, però jo passava. Ella insistia sense parar. Era d'aquesta mena de persones que no accepten un no per resposta.

Aquella nit em va aturar al mig del carrer.

—Puc venir amb tu?

—No —vaig fer, sense ni mirar-la.

—Va, si us plau, fes-me aquest favor. Vinc amb tu, com si fóssim amics.

—El Ben no és a casa —vaig dir, i era la veritat.

—Ah, no? I on és?

Vaig arronsar les espatlles.

—No li agrades, saps? —vaig dir.

—Això és igual, ja li agradaré.

—De debò? I com t'ho penses muntar? —tenia curiositat; estava clar que la Marta no el coneixia, el Ben.

—Jo sé com fer-ho, tinc els meus trucs —va fer—. A més, és facilíssim. A tots els *tios* us agrada el mateix.

Odio aquesta mena de generalitzacions.

—Tots els *tios* no som iguals, saps? —em vaig defensar.

—Per a mi, sí. Ja ho veuràs —va respondre, molt convençuda.

Estava ben penjada, aquella paia.

—Marxa —li vaig etzibar, i vaig apressar el pas.

Ella em va seguir una estona, després se'n va cansar. Sempre feia el mateix. Anava rere el Ben com si no hi haguessin més nois al món.

Però tots aquests pensaments me'ls vaig quedar per a mi. A l'Albert no li vaig dir res. No calia. A ell només li vaig dir:

—Jo no he tingut mai nòvia.

—Però eres molt amic de la Marta. T'agradava. Anàveu a la mateixa classe, oi?

—Sí, però ella era més gran.

—Sí, ja ho sé. Era repetidora. Ho tinc per aquí —buscava entre els papers—, tenia 15 anys. Penses que era guapa?

No vaig dir res. Allò semblava una pregunta-trampa. Vaig estimar-me més gratar una mica amb l'ungla la taca negra de la taula, a veure si desapareixia. L'Albert va continuar amb l'interrogatori. Aquest cop va canviar de tema.

—Saps conduir?

—Sí.

—Qui te'n va ensenyar?

—El Ben.

—Amb quin vehicle?

—Un Volskwagen Scirocco. Abans en tenia un altre. Un 127 vermell.

—Si et demano que agafis els Volskwagen aquest i em portis a fer una volta, em demostraràs que saps conduir-lo?

—És clar.

—Prou bé com per atropellar una persona?

Una altra arronsada d'espatlles per part meva. Continuava gratant la taca, que no sortia. Potser no era una taca. El meu advocat va deixar anar una bufada.

—Et passa alguna cosa, nano? Estàs cansat?

—Sí.

—Doncs t'aguantes! Necessito que m'expliquis com va anar. Amb tota mena de detalls. Per exemple: què hi feia la Marta allà, a aquelles hores de la nit? Teníeu una cita? Potser volia comprar droga? La hi venies tu, potser?

—Jo mai no he venut droga.

—Doncs llavors per què era allà? La vas citar tu?

—No me'n recordo. Potser.

—Què vol dir *potser?* La vas citar tu o no?

Em vaig quedar en blanc. Em va costar una mica trobar alguna cosa a dir. No volia ficar la pota.

—Sí —em vaig contradir, ho sé, però aquesta part no l'havia pensada.

—Te n'has recordat de sobte?

—Sí.

—Com t'ho vas fer per citar-la?

—Per mòbil.

Vaig recordar el mòbil. El mòbil de la Marta. Un Nokia vell i horrible, amb una carcassa dels Teletubbies. S'ha d'estar molt penjat per portar els Teletubbies a la carcassa del mòbil.

—Però la policia no va trobar cap mòbil. Com t'ho expliques? El vas agafar tu?

—No.

—Saps on és?

—No.

L'Albert va deixar anar un esbufec. Havíem arribat a una via morta.

—Bé —va continuar—. I ara explica'm el que vull saber, xaval: com t'ho vas fer per matar Marta Villanueva. Ets capaç d'explicar-m'ho perquè et cregui d'una vegada?

Ho vaig fer. Fil per randa, com m'havia demanat. Li vaig dir exactament allò que volia sentir. A veure si així em deixava tranquil. Li vaig dir que la Marta va morir atropellada en el descampat dels avions. La van atropellar amb el Scirocco del Ben. El primer cop va ser molt fort i la va tombar. Va arrossegar-se per terra. Potser es volia aixecar, però no ho va aconseguir. Llavors el Scirocco li va passar per sobre. Dues vegades. Devia quedar tota desfeta per dins, després d'allò. Tot seguit el cotxe va marxar i la va deixar allà. *Vaig marxar*, vull dir.

Mentre explicava tot això em venien ganes de vomitar. I un cansament molt profund. Un cansament que em sortia de l'ànima. L'Albert havia empal·lidit.

—I després vas recordar que havies deixat el cos al mig del pas i vas tornar al descampat per enterrar-la —va dir l'Albert.

—Sí —vaig contestar.

—I en veure que no era morta del tot, li vas

clavar un cop al cap amb la pala —va afegir.

Silenci, silenci i més silenci. M'agrada el silenci. El silenci no fa mal. Les paraules, sí.

—És una manera horrible de morir —va dir ell.

—Sí.

No hi havia manera d'esborrar la taca negra de la taula. Em vaig donar per vençut. Potser era un defecte del moble. Potser ja havia sortit així de fàbrica i no hi havia res a fer.

L'Albert es va repenjar a la cadira. Em mirava com de lluny, com si esperés alguna cosa.

—Saps que no t'acabo de creure, noi? Hi ha molts detalls que no lliguen, en tot això... No sé a què jugues, Èric, no ho puc entendre.

Va treure unes fotografies. Les va posar davant meu. Un altre cop el descampat dels avions, un altre cop el mur, el clot. En les dues últimes sortia la Marta. Bé, el que va quedar-ne, de la Marta. Ara sí que tenia ganes de vomitar.

—Dius que vas tornar amb una pala per enterrar el cos...

—Sí —vaig fer.

—Tu sol?

—Sí.

—Saps quant fa, el sot que vas cavar? —va preguntar, posant-se vermell; estava enfadat, però mirava de contenir-se.

Vaig arronsar les espatlles.

—Uns 140 centímetres de llargària, uns 64 d'amplària i aproximadament 80 de fondària —va dir, alçant la veu—. Saps quanta terra cal desallotjar per fer un sot així? Saps calcular-ho?

Vaig fer que no amb el cap. No ho sabia calcular ni tenia ganes d'aprendre'n.

—Doncs jo ho he fet per tu. Són 1.440 quilos de terra. Gairebé una tona i mitja. De debò em vols fer creure que tu sol vas apartar una tona i mitja de terra en només cinc o sis hores? 230 quilos per hora, gairebé quatre quilos per minut? —va treure un full ple de números—: Mira, per treure un quilo de terra necessites tres palades, almenys. Això vol dir que vas fer dotze palades per minut, una cada cinc segons. I això durant sis hores, sense parar. És això el que vols que cregui?

Cridava. Ara sí que cridava. M'espantava una mica. Vaig arronsar les espatlles.

—Va, home, va! Això no t'ho creus ni tu!

—l'Albert va llençar el *boli* damunt la taula—. Tu t'has mirat? Però si ets un mitjamerda! Tu no pots ni amb la pala!

Vaig mirar de recordar com pesava, la pala, i vaig pensar que l'Albert era un paio llest. Dels més llestos que he conegut mai.

—Mira —se'm va apropar—, no sé per què ho fas, però jo sé que m'enganyes. Que vols enganyar el jutge, també. I no ho entenc, de debò. No sé per què vols fer-te això. Et ve de gust passar-te cinc anys a la presó? És això? Collons, reacciona, Èric! Sembles imbècil!

S'havia alterat tant que va haver de sortir. Em va deixar un moment sol, amb les fotos de la Marta tota desmuntada. Va ser horrible. No les volia mirar, però no ho podia evitar, i em sentia molt malament. L'Albert devia anar al lavabo i suposo que es va mullar la cara amb aigua fresca. Quan va tornar, estava més serè. Feia un to de veu normal quan em va dir:

—Èric, que potser tens por d'alguna cosa? Hi ha algú que t'estigui amenaçant?

Vaig pensar que li havia de treure aquell pensament del cap:

—És clar que no —vaig respondre.

—Hi ha algú que et dicti què has de dir i què no? Encobreixes l'assassí?

—No, no, no, NO! —vaig sentir-me cridar.

Ara era jo qui perdia els nervis. Només un moment, em va passar de seguida.

Tenia mal de cap. Volia que tot allò acabés i marxar d'allà, deixar aquella merda de conversa.

L'Albert va endreçar les fotos a la carpeta. El cos destrossat de la Marta va desaparèixer, per fi. Vaig sentir un alleujament molt gran.

—He parlat amb el Rubén, el teu cosí —vaig aixecar el cap, alerta; l'Albert m'ho va notar—. Parlarà com a testimoni en el judici. Em penso que no m'agradarà el que dirà. Tu en saps alguna cosa?

—No —aquest cop vaig dir la veritat—. Es diu Ben.

—Quina mena de relació tens amb el Rubén?

—Normal. Som cosins.

—Treballes per a ell?

—No.

—Saps a què es dedica, el teu cosinet?

—No.

—No? —un altre cop va començar a cridar—.

El teu cosí és el segon camell més important de tot el Prat. No ho sabies, que és com un supermercat de la droga? Més que ell, només hi ha el clan dels Medina.

—No ho sabia —vaig mentir (però a mitges).

—Us vau veure, aquella nit? La nit que va morir la víctima.

—No.

—No era a casa, el Ben?

—No.

—Quan el vas tornar a veure, doncs?

—No me'n recordo.

L'Albert va clavar un cop de puny a la taula.

—Prou! Deixa de prendre'm el pèl. Penses col·laborar o no? No és a mi a qui condemnaran per assassinat.

Vaig abaixar el cap, vaig buscar la meva amiga, la taca. La vaig trobar i m'hi vaig concentrar.

L'Albert es va aixecar, va recollir els papers, es va posar la jaqueta, es va eixugar la suor del front amb el palmell de la mà. Quan ja era a punt de sortir, es va girar de cop i va dir-me:

—Mira, tu digues el que vulguis. Explica al jutge tot d'històries de ciència-ficció, si vols.

Jo penso mantenir la línia de defensa que havia previst i penso dir que no és possible que enterressis tu sol aquella pobra noia. I si no la vas enterrar tot sol, és probable que tampoc la matessis tot sol. Que potser ni tan sols vas matar-la tu. Això és el que penso dir, i ja veurem com va. I si no t'agrada, m'és igual. Adéu, xaval.

Va obrir la porta i va sortir. A fora, el guàrdia de seguretat em va mirar encuriosit. Com que jo no feia res, va tornar a tancar la porta.

Bon paio, l'Albert. Dels millors que he conegut. Creia en la justícia i en la bona gent. Hi hauria d'haver més advocats com ell. Hauria fet una defensa magnífica, si jo no ho hagués esguerrat tot.

Em va saber molt greu no poder ser la mena de persona que ell volia que fos.

Minifaldilla

Potser això t'ho hauria d'haver explicat abans, molt abans. Si a hores d'ara encara no has deixat de llegir, tens dret a saber qui era Marta Villanueva. Pots fer una recerca a Internet i trobaràs un munt d'informació, fotos, notícies, i fins i tot el seu mur del Facebook. La gent hi ha deixat tot de missatges de condol, però si busques bé encara podràs trobar la seva última entrada. És de la nit que va morir, a les vuit del vespre. Hi ha un text i una foto.

Tot això ho sé pel judici, on van explicar-se moltíssimes coses. Abans de ser detingut, a mi mai no se m'havia acudit mirar el mur del Facebook de la Marta, tot i que era companya meva de classe i la tenia entre les meves amigues. La típica amiga que només et busca quan necessita alguna cosa: que li passis uns apunts o que la portis fins al *tio* del que s'ha penjat.

Tret d'això, tampoc no ens fèiem gaire, tot i que anàvem al mateix institut. És difícil tractar les noies de 15 si tu en tens 14. Tenen tot de costums estranys. A mi la Marta em posava nerviós, estava massa boja. Anava darrere el Ben sense adonar-se que feia el ridícul. Es pintava com una mona i es posava les minifaldilles més mini que he vist mai. No li quedaven gens bé, tenia les cames massa seques. El Ben no li feia ni cas, però ella no es cansava. Era una pesada.

Però tot va anar pitjor quan ella va aconseguir el seu número de telèfon. Li trucava sense parar. El Ben fins i tot es va enfadar amb mi.

—Tu has donat el meu número a aquesta imbècil? —em va preguntar.

—Jooooo? —vaig protestar—. Però, què dius? Jo només te la trec de sobre.

Li trucava (amb número ocult) i no deia res, però el Ben sabia que era ella. De vegades sonava música a volum màxim. *Qué bonito es el amor qué bonito es divertirse qué bonita es una flor qué bonito el arco iris...* i coses per l'estil. El Ben es posava frenètic.

Després va començar a seguir-lo pel carrer. Un dia ell la va agafar per les espatlles i li ho va deixar ben clar:

—Deixa'm tranquil, em sents? Deixa'm! No m'agrades! No em facis emprenyar més.

Ella se'n va anar plorant. Llavors li va agafar per fer versos. Poemes horribles, que podrien haver estat cançons d'Estopa (li agradaven moltíssim), i que penjava al seu mur de Facebook i enllaçava a tots els seus coneguts (molts ho eren també del meu cosí). Coses com:

Lamor sanfadat
I el cor sa ma parat.

O:

Mudias no se x k
Jo sempra tastimare.

Era patètic. Pel carrer, alguns amics li preguntaven per què no feia cas a la pobra noia. I ell encara s'enfadava més.

Però la gota que va fer vessar el got va ser el dia que es va tornar boja del tot i es va fer una foto nua (no se li veia gran cosa). Després la va penjar a totes les xarxes socials, acompanyada d'una frase que deia: «Tot això és de Ben González i d'aquí a una estona ho tindrà».

Només una hora més tard, era morta.

Avions

El jutge va voler que l'acompanyés a fer una visita a «l'escenari dels fets». Van venir a buscar-me dos *polis,* em van emmanillar i vaig sortir del centre en un cotxe d'aquells que tenen un vidre entre els seients del davant i del darrere. Des d'aquí fins al meu barri hi ha una bona estona de cotxe. Vaig poder pensar, fer memòria. Vaig repassar-ho tot. No volia ficar la pota. Es posen molt pesats, tots aquests, si els dius coses que no quadren. Mai no estan contents del tot, encara que els diguis que ets un assassí i et declaris culpable. M'ho havia de saber bé.

Vam arribar a la barriada de Les Palmeres a mig matí. Van aparcar el cotxe a la vora del descampat dels avions. Des d'allà es podia veure la casa del Ben, que tenia totes les finestres tancades. Em va fer molta tristor, tornar a veure-la. Vaig començar a recordar coses, i això que aquells dos no paraven de fer-me preguntes (jo no en vaig contestar gairebé cap). Els records em fan posar trist.

Per exemple, vaig recordar un Seat 127 de color vermell, de segona mà. El primer cotxe que va tenir el Ben, el primer que vaig veure per dins en tota la meva vida. Ell encara no tenia els 17 anys, però el conduïa com si res. Feia molta patxoca, aquell trasto. Jo mai no havia conegut ningú que tingués cotxe. El meu pare portava camions, però no eren d'ell, ell només els conduïa.

El mateix dia que va comprar el Seat 127 vermell, el meu cosí em va esperar al carrer. Jo encara vivia amb el pare, era un marrec. Recordo molt bé que començava a vesprejar.

—Vols venir a fer una volta? —em va proposar.

Vaig pujar d'un salt, molt emocionat. Allà dins hi havia tot de botons i palanquetes. El Ben no em deixava tocar-los.

—Vols parar? Si trenques res, et tallo la mà —va dir.

—És teu? —vaig preguntar.

—És clar.

—Ostres! Te l'has comprat?

—Més o menys. L'he guanyat a les cartes.

—A les cartes?

—Al pòquer. Calla i agafa't fort.

Havíem anat vorejant les pistes de l'aeroport fins al descampat dels avions. Així que va posar les quatre rodes sobre la terra el Ben va girar el volant i el cotxe va fer una derrapada d'aquelles que surten a les pel·lícules. Ell va cridar:

—Iuuuuuuuuuhuuuuuu!

I jo el vaig imitar. Ho va repetir unes quantes vegades, fins que vam començar a marejar-nos.

El descampat dels avions devia tenir algun altre nom, però nosaltres no el sabíem. Nosaltres en dèiem així perquè era tota una esplanada que quedava just al costat de les pistes de l'aeroport. Els avions que aterraven passaven tan a prop que feia patir que et caiguessin a sobre. Feien un soroll de mil dimonis. A la nit era tot un espectacle.

Vam fer un parell de voltes per allà abans d'aturar-nos, amb les finestretes obertes. El Ben va encendre una cigarreta. Vam esperar que baixés el primer avió. Ja se'n veia un que s'acostava per la dreta.

—Mira, capgròs, veus aquelles cases d'allà? —el Ben va assenyalar els llums de la barriada de Les Palmeres, tres carrers de cases baixes que formaven una mena d'illa apartada del barri—. Ben aviat viurem allà. T'agradaria?

—Ostres, *tio*, és clar. És al·lucinant. També la guanyaràs al pòquer, la casa?

No va dir res. Mirava el carrer amb el cap recolzat al reposacaps del seient.

—I algun dia fotrem el camp del barri, tu —va dir—. Aquest lloc és un abocador.

—Ah, sí? —vaig fer—. I on anirem?

—A Barcelona —ho va dir com si fos lògic, com si no hi hagués més llocs on anar—. A Gràcia. Gràcia mola molt. Hi ha molts bars.

—Sí —jo no sabia què era Gràcia ni on era, però sempre donava la raó al meu cosí.

—Saps què? Has d'aprendre a conduir. Ho vols provar?

—D'acord.

—Va, posa't en el meu lloc!

Vam canviar-nos els llocs: ell al seient del copilot; jo davant del volant. Jo encara no havia acabat de créixer i no arribava bé als pedals. Vaig haver d'avançar una mica el seient. Llavors el meu cosí em va fer la primera lliçó teòrica: on eren l'embragatge, l'accelerador, el canvi de marxes, el fre i el fre de mà.

—Sobretot has de saber on tens el fre de mà, xaval. Si veus que te la fots, estira sempre el fre de mà.

—Sí.

—I ara, escolta'm bé. Has de trepitjar l'embragatge per canviar de marxar. Posa primera. És aquí, amunt i a la dreta. No vulguis córrer. Si saps anar a poc a poc, ja sabràs conduir. Poses la marxa, acceleres, mires que no es cali, poses l'intermitent, gires el volant i, quan estiguis preparat, deixes anar el fre, i pitges l'embragatge i l'accelerador al mateix temps i molt a poc a poc. Ho entens?

Massa coses. No podia ser que tot allò s'hagués de fer alhora. No me'n recordaria mai.

Vaig deixar anar l'embragatge abans d'hora i el cotxe va fer un bot com un gat espantat.

—Ho sento! —vaig fer.

—Torna-hi. Pitja l'embragatge. Engega el cotxe amb la clau, va.

—No puc, Ben —m'havia endut un bon ensurt.

—Què dius? —em va mirar realment enfadat—. Doncs sí que et rendiràs aviat. Va, gallina, engega el trasto.

Li vaig fer cas. Després de tres intents, vaig aconseguir que el cotxe recorregués cent metres. Però me'n vaig sentir molt orgullós.

Després del Seat, va arribar el Volskwagen Scirocco. Un torpede negre, *tunejat* amb uns alerons al·lucinants de color daurat. Semblava una nau espacial. I era nou de trinca. El Ben el va pagar amb bitllets de cinc-cents, jo ho vaig veure. L'amo del concessionari va obrir els ulls com unes taronges, mentre el meu cosí anava deixant els diners en una pila, un bitllet rere l'altre. Quan només faltava l'últim, es va aturar a mig camí i li va dir:

—Ara que ho penso. No m'has fet cap descompte per pagar al comptat. No creus que me l'hauries de fer?

L'home va somriure, nerviós.

—Home, ja m'agradaria, de debò, però no sóc jo qui decideix aquestes coses... Tot això ho decideixen directament a la fàbrica, pensi que els preus ja estan molt ajustats.

Llavors el Ben va acostar-se a l'orella del venedor i li va dir:

—Has vist que darrerament hi ha molts incendis, en aquest polígon? Quina casualitat, oi? No m'agradaria gens que se't cremés la botiga. Quanta pasta hi tens, aquí dins? —el Ben va fer un cop d'ull als cotxes.

—Molta —va dir l'home, cada cop més esporuguit.

—Jo diria que cinc-cents euros no són res, comparats amb tot el que podries perdre...

—No, no, és clar que no. Està bé —suava, va afanyar-se a agafar la pila de diners—. Tracte fet, doncs.

El Ben va somriure, content.

—Ja ho sabia, que ens entendríem, nano —va dir, agafant les claus.

Vam pujar al cotxe. Feia olor de nou. Jo no l'havia sentida a la vida, aquella olor. Per dins encara era més al·lucinant. Tenia un navegador amb pantalla, un sistema que t'avisava quan anaves a topar i fins i tot un connector per sentir la música del mòbil. Vaig fer un crit d'emoció.

Llavors el Ben va treure's el bitllet de cinc-cents euros de la butxaca.

—Té, capgròs. Això és per a tu. Perquè celebris que tenim cotxe.

El judici

Al judici va passar allò que havia de passar. Quan va sortir a declarar, el Ben feia cara d'estar molt afectat. El fiscal li va demanar que expliqués tot el havia passat aquella nit. Ell ho va fer a la seva manera.

Va dir que jo estava boig per la Marta des de la festa de la Castanyada, però que mai no s'hauria imaginat que fos capaç de fer allò que vaig fer. Va dir que jo era com un germà per a ell i que estava molt afectat. Va dir que ell no era cap bon noi, però que mai no mataria ni una mosca. Va dir que la Marta li agradava molt i que li volia demanar per sortir.

Va ser molt convincent. Fins i tot jo l'hi vaig trobar.

La nit dels fets la va passar al Bar Carmen jugant a pòquer amb uns amics. El Kevin, el

Marcel i un altre col·lega. Tots tres van testificar dient que era veritat. A mi em van deixar a casa perquè era massa petit per jugar al pòquer. Va arribar quan ja era de dia, passades les onze del matí. Estava cansat i se'n va anar directament al llit. No va veure res d'estrany al cotxe ni enlloc. Jo no era a casa. Era hora de ser a l'institut, no se'n va estranyar gens. Tot això va dir.

I també que tot va continuar com si tal cosa fins dissabte d'aquella mateixa setmana. Ell no va veure res d'estrany en el meu comportament. Llavors de sobte un gos que passejava amb el seu amo pel descampat dels avions va veure alguna cosa que sobresortia i va començar a furgar la terra. Va aparèixer el cos de la Marta. Encara portava la motxilla penjada a l'esquena (els assassins no devien ser uns experts) i van poder saber de seguida qui era, on estudiava i qui eren els seus amics. Va ser fàcil seguir les pistes fins a nosaltres. El Ben va quedar molt afectat quan va saber la notícia. Al principi no s'ho podia creure, va dir. És molt difícil acceptar que algú faci mal a una altra persona d'aquella manera. I més a una persona tan jove, tan carregada de vitalitat i d'optimisme com era la Marta. No es mereixia morir (i se li va trencar la veu en pronunciar un altre cop el seu nom). Et prometo que ho va dir així.

Va fer cas de la policia quan el van detenir perquè ell sempre obeeix els cossos de seguretat. En cap moment no va estar espantat perquè ell no havia fet res. Després va passar una temporada deprimit, perquè no podia creure's tot allò que havia passat. Que la Marta fos morta i que jo en fos l'assassí. Jo era com un germà, per a ell. Mai no s'ho hauria pensat, de mi (i va portar-se l'índex i el polze als llagrimers, per demostrar que només pensar-hi li venien ganes de plorar).

Fins i tot a mi se'm va fer un nus a la gola de sentir-lo. El Ben hauria estat un actor fantàstic.

L'advocat li va preguntar si en tenia proves, d'allò que havia dit de la timba de pòquer al Bar Carmen i el Ben li va ensenyar unes quantes fotos. També li van preguntar què en sabia, de la meva relació amb la Marta. El Ben va respondre que havia trigat molt a veure-ho clar: jo estava boig per la Marta i estava gelós d'ell. No es perdonava no haver-se'n adonat abans. Si se n'hagués adonat (i un altre cop se li va trencar la veu), les coses haurien anat d'una altra manera. Li van preguntar si es pensava que jo era una persona violenta. I va dir: «És molt callat, l'Èric. És difícil saber què pensa en cada moment».

Després li van preguntar si per casualitat m'havia vist en algun moment amb un objecte contundent. Una pala, per exemple. Va dir que aquells dies no m'havia vist gaire, perquè ell tenia molta feina.

Aleshores van voler saber si sabia on era el mòbil de la Marta. El merdós mòbil Nokia de Teletubbies. Va dir que no l'havia vist mai i que no sabia on era.

Després va sortir la Vero, l'amiga de la Marta, i va dir que jo era un paio estrany, que no parlava mai de res i que sempre anava a la meva. Va dir que jo em mirava la Marta d'una manera estranya i que no somreia mai. Va dir que era impossible saber què em passava pel cap. Que de vegades li feia por però que també li agradava. Una mica, va dir, i no em va quedar clar què volia dir. Va dir això: que li feia por. És realment increïble!

Quan em van preguntar a mi, jo vaig dir

que tothom tenia raó. Tothom menys l'Albert. L'Albert va estar genial. Va portar un expert per explicar que és impossible que un xitxarel·lo com jo desallotgi tot sol una tona i mitja de terra en només sis hores. Va presentar informes forenses basats en el meu gust per la lectura, en les meves bones notes, en la meva vida avorrida i normal. Però no hi va haver res a fer. Les proves eren irrefutables.

Va ser bufar i fer ampolles.

El jutge va dictar el seu veredicte: sóc un assassí.

L'Albert va marxar sense dir-me adéu.

Execució penal

De tot això que acabo d'explicar ja fa més de quatre anys. Quatre anys, quatre mesos i dotze dies. D'aquí a vuit mesos em deixaran sortir. Si et digués que tinc por, t'enganyaria. Estic cagat.

Aquí dins les coses m'han anat prou bé. En aquests més de quatre anys m'han castigat només dues vegades, i ara ja saps per què. La resta de temps he estat un intern modèlic, gens problemàtic, que mereix tots els incentius. Fins i tot allò del metge i l'ordinador, era de Nivell 3. Ser un intern de Nivell 3 vol dir que tens dret a algunes coses. A rebre trucades (jo mai no en rebia), a rebre més visites (tampoc), a anar-te'n al llit tres quarts d'hora més tard que els interns de Nivell 1, a treballar al taller de muntatge de bicicletes o a escoltar música en un MP3, si en tens.

Jo tinc MP3 perquè me'l va regalar una amiga. Es deia Merche i era preciosa. Una noia realment bonica, de les que es fan mirar. Tothom la mirava, fins i tot els de seguretat. Era impossible no fer-ho, de debò. Va marxar fa més de tres anys i no he sabut res més d'ella. El dia abans de marxar estava insuportable. Parlava malament a tothom, fins i tot als educadors. Li van haver de cridar l'atenció. Quan es va calmar una mica, li vaig preguntar què li passava, si no estava contenta de marxar. Em va mirar molt fixament, amb aquells ulls verds preciosos, i em va dir, amb molta tristor:

—Mira'm, Ric. Mira'm bé. El meu pare és a la presó Model i la meva mare a la de La Roca. Jo no hi tinc ningú, allà fora, ni enlloc on anar. A què et sembla que podré dedicar-me? En què creus que puc treballar? No tinc estudis. No tinc res. Només tinc això —va assenyalar-se a si mateixa, de cap a peus.

Tenia els ulls plens de llàgrimes. I cap futur engrescador al davant. Abans de marxar em va fer una abraçada i em va donar l'MP3.

—A partir d'ara en trauràs més profit tu que jo —em va dir.

El profit. Aquest és el problema. Som els

excrements del sistema. La nostra vida està marcada per aquestes dues paraules: *execució penal*. L'endemà que hem fet les paus amb la societat, ella es desentén de nosaltres. Se suposa que som aquí per ser millors persones, per entendre que allò que hem fet no es pot fer, per penedir-nos. Per reformar-nos. Però un cop ens hem reformat, ningú ha previst res per a nosaltres. S'obre la porta i ets una persona com totes. Però de fet no ho ets. Potser no ho seràs mai més.

Tot i així, molts se'n surten. La meitat dels delinqüents juvenils, si fa no fa, no tornen a delinquir mai més. Poden portar una vida normal. Trobar feina, casar-se, tenir fills, tenir deutes, tenir un sou miserable... com tothom. L'altra meitat no té tanta sort.

Alguns tornen. L'endemà o dos dies després d'haver sortit d'aquí. Ronden per la porta, demanen pel director.

—Va, si us plau, deixa'm entrar una estoneta. Només jugo un partit de futbol i marxo. Va, deixa'm saludar els col·legues. Només un momentet...

El director no els deixa entrar.

—Ara ets lliure, xaval. Marxa i busca't la vida. Aquí ja no tens res a fer.

Execució penal. Això és.

Sembla bo, però no ho és.

D'aquí a 233 dies seré lliure. Només hi ha una cosa que em fa esperar aquell moment amb il·lusió.

Em deixaràs convidar-te a un cafè? No saps què donaria per mirar-te als ulls, Xènia. Només per això, tanta por hauria valgut la pena.

Clans

Poden passar moltes coses en quatre anys. Coses que no t'esperes, que ho canvien tot.

Jo només he sortit una vegada, des que sóc aquí. Va ser per anar a un enterrament. M'hi va acompanyar el Carles, el director. Va ser el dia més trist de la meva vida.

Érem quatre gats. El Kevin, la tieta Carmen, l'oncle Anselmo, el Marcel i dos o tres habituals de les timbes de pòquer al bar. El meu pare no hi va anar, però va enviar un ram de flors. En el seu discurs, el capellà va parlar de les trompetes de Jerusalem i dels àngels del paradís. També va dir que sempre és una desgràcia que ens deixi una persona en la flor de la seva joventut. 24 anys. El capellà li deia Rubén, al Ben. Ha mort en tràgiques circumstàncies, va portar una vida difícil, desviada del camí dret, no sempre va ser un model de conducta, però ara ja és amb Nostre Senyor, que li perdonarà tots els pecats i per a ell s'obren les muralles de Jerusalem.

El Ben va morir d'una pallissa. Darrerament s'havia posat en un terreny massa perillós. Havia començat a vendre droga en una zona que estava controlada pel clan dels Medina, una família de més de trenta membres, que defensaven el seu territori com si fossin lleons. Van esperar-lo a la sortida d'una timba, el van portar fins al descampat dels avions i el van apallissar fins que va perdre la consciència i encara més. El Kevin va veure com se l'emportaven però, en comptes d'ajudar-lo, va fugir. La policia va trobar el cos quan encara no s'havia fet de dia. Tenia la cara tan desfigurada que ni tan sols el van reconèixer. Estava tot retorçat sobre si mateix, com un fetus dins el ventre de la mare. Van dir que per matar-lo els assassins havien fet servir pedres, o totxanes, o barres de ferro. També li van robar el feix de bitllets que sempre portava a sobre. El mòbil no. El mòbil el va agafar la policia. Tenia la pantalla trencada, però funcionava.

Ja fa més d'un any que el Ben va morir. Encara no han detingut cap culpable.

Nokia

Pocs dies després de l'enterrament, la meva tieta em va venir a veure. Se la veia molt sencera, com sempre. Una mica més vella que l'última vegada.

—Mai no em van agradar les companyies del teu cosí —va dir-me, com a preàmbul—. Saps el gras aquell, com es deia?

—Kevin.

—Això. Saps que el gras del Kevin ha desaparegut del barri? No se l'ha vist més.

«Com els ànecs del llac de Central Park», vaig pensar, no sé per què.

La Carmen havia fet un esforç per venir a la presó. M'havia de dir una cosa. Una cosa important.

—El Rubén va deixar algunes coses per a tu —va dir.

—Per a mi?

—Fa un parell de mesos va dir al Marcel que si li passava alguna cosa te les donés a tu. Però al meu fill no li agraden les presons, no li ho tinguis en compte. A més, està destrossat. Ell i el Ben eren molt amics, ja ho saps.

—Sí —vaig fer, i no sé per què vaig recordar totes aquelles fotos que hi havia en el primer mòbil que el Ben em va regalar.

—Per això he vingut jo —va continuar la tieta—. Era la voluntat del meu fillastre, estaré més tranquil·la després de fer-ho, ho entens?

Vaig fer que sí.

—Va posar totes les coses en una capsa de sabates. No m'han deixat que te les doni, però m'han dit que te les guarden fins que surtis d'aquí, que llavors te les donaran.

—Gràcies, tieta. Què hi ha dins la capsa?

—Les claus d'un pis de Barcelona. Un joc de cartes de pòquer. I tot de mòbils. La veritat, no crec que valguin gran cosa. N'hi ha d'horrorosos, fins i tot un amb un dibuix dels Teletubbies. Aquest Rubén era molt estrany... Vés a saber per què volia que les tinguessis tu, aquestes andròmines. Jo no ho puc entendre, però tant se val.

—De segur que tot això em servirà d'alguna cosa —vaig dir, abans de repetir—: Gràcies, tieta, de debò.

Ella va fer que no amb el cap, em va fer una abraçada i em va xiuxiuejar a cau d'orella:

—Cuida't, rei.

Aquella nit vaig rumiar molt en la capsa de sabates i els mòbils. Em pensava que sabia per què m'ho havia donat, tot allò. El Ben sempre ho tenia tot previst. Fins i tot després de mort. I m'estimava. D'una manera estranya, però ara sé que m'estimava.

Dues pales i un pic

El vespre que Marta Villanueva va morir, vaig anar a la biblioteca. Era divendres, el començament d'un cap de setmana llarg en què dilluns també era festa. Volia alguna cosa per llegir per no morir-me de l'avorriment. Vaig estar una bona estona parlant amb la bibliotecària. Ens havíem fet més o menys amics. Sempre em preguntava pels llibres que m'havia llegit, què m'havien semblat, si hi trobava cap defecte. Me'n recomanava de nous. Era simpàtica amb mi. I tenia un munt de paciència. De vegades cal un munt de paciència per ser amic d'algú que parla tan poc com jo. T'aviso per si de cas estàs pensant a ser amiga meva, Xènia. Si has llegit aquesta carta fins aquí, deu ser que no et faria res ser amiga meva. Suposant que això sigui una carta, és clar.

Et deia que vaig estar parlant molt amb la bibliotecària, aquell vespre. Dubtava entre dos llibres, però finalment em vaig decantar per un de molt famós: *El petit príncep*, d'Antoine de Saint-Exupéry. A mi em semblava un conte per a infants, perquè l'havia fullejat una mica i comença amb una serp que es menja un elefant però que sembla un barret. A més, la coberta era de coloraines. La bibliotecària, però, em va dir que de vegades el que sembla més fàcil és en realitat el més difícil i em va demanar que donés al llibre una oportunitat, perquè era ple d'idees interessants. Ho vaig fer per ella. Era molt curtet, igualment. Si no m'agradava, el podia tornar l'endemà.

Ara m'adono que ni tan sols sé com es deia la bibliotecària.

Vaig omplir la fitxa i vaig treure el llibre amb el carnet. Em van donar el punt de llibre de sempre, on hi havia escrita la data en què l'havia de retornar. Vaig amagar-me l'exemplar dintre els pantalons i vaig tirar cap a casa (és a dir, cap a casa del Ben). Llavors ja feia sis o set mesos que vivíem a la barriada de Les Palmeres, ell tot el dia era fora fent negocis i jo ja no havia de tornar a dormir al centre d'acollida, perquè ara el Ben era major d'edat i havia demanat permís per acollir-me. S'hi estava bé, allà.

Quan vaig arribar a casa, el Scirocco no era a la porta. No em va estranyar: el Ben sempre era fora. Em vaig fer un entrepà de pernil per sopar, vaig posar la tele i em vaig estirar al sofà amb la novel·la de Saint-Exupéry i una cervesa. Al principi, el llibre em semblava carrincló i insuportable, però de mica en mica m'hi vaig anar ficant. Els llibres et convencen, no creus? Fins i tot de coses que tu no hauries pensat mai.

Vaig llegir unes quantes hores, sense adonar-me del pas del temps. Me l'estava acabant quan vaig sentir arribar el cotxe. El coneixia pel soroll. Era el Scirocco del Ben. Vaig mirar el rellotge: dos quarts de dues. Un moment després s'obria la porta de casa i el meu cosí entrava d'una revolada:

—Capgròs, desperta't, ens has d'ajudar a fer una cosa, no has vist els missatges?

Vaig mirar el meu mòbil, que era sobre la taula, en silenci (m'agrada el silenci, ja ho he dit). Vaig llegir els missatges. Tots eren el mateix. Me l'havia enviat sis vegades:

«Necesitu k majudis tinc un marró. Vinc a les 2 + o -».

Em vaig calçar. El meu cosí semblava preocupat, suava. Va deixar alguna cosa sobre la taula. Un mòbil Nokia de color vermell, amb una carcassa horrible dels Telettubies.

—De qui és? —li vaig preguntar.

—De la Marta aquella. La pesada. M'ha tocat molt els collons, avui —va dir.

—Te l'ha donat? —vaig fer; no ho entenia.

—És morta. L'he atropellat. Se me n'ha anat l'olla, nen —va anunciar, i el llavi li tremolava.

—Quan? —vaig voler saber.

—Avui abans de la timba. Cap a les vuit.

—Què ha passat?

—Estava molt cremat, nen. No ho he pogut evitar. L'he atropellat tres cops.

—Heu tingut timba, després?

El Kevin, que fins ara s'ho havia mirat tot des del racó, com un enze, va afegir:

—I el teu cosí ha guanyat un munt de pasta. Estava de sort!

Jo mirava d'imaginar-me el que m'estaven dient: el Ben havia matat la Marta a quarts de vuit i havia marxat tranquil·lament a la timba del bar, on havia guanyat una fortuna. I ara, cinc hores després, havia recordat de cop què havia fet i s'estava cagant a sobre.

El Ben va obrir un armari, en va treure una ampolla de ginebra i va beure'n a galet. Va agafar el Nokia, va obrir-lo, va ensenyar-nos les fotos. N'hi havia un munt d'ell, totes robades. La tia aquella estava penjadíssima i no havia parat fins a fer-lo emprenyar de debò.

—I on l'has deixat, la Marta? —vaig preguntar, amb un fil de veu.

—A l'esplanada dels avions —i com si recordés alguna cosa, va afegir—: Ens has d'ajudar, Ric. Hem de fer alguna cosa abans que surti el sol. Perquè no la trobin. Va, anem. Ens has d'ajudar.

Vaig fer cas. Jo sempre li feia cas, al Ben, des d'aquella vegada que em va salvar de la buldog rossa a la sortida de l'escola. Vaig pujar al Scirocco. El Kevin es va posar al davant, al costat del meu cosí. Quan el Ben va engegar, vaig trobar a faltar la música. El Ben sempre conduïa amb la música ben forta. Aquella nit no. Aquella nit tot era silenci. Però era un silenci desagradós.

Vam parar un moment a casa el Kevin. A buscar alguna cosa, van dir. Quan va tornar, portava dues pales i un pic. El Kevin feia de paleta, de vegades. Tenia la casa plena d'andròmines. Amb tot el material vam anar fins a l'esplanada dels avions. Jo encara no sabia què hi anàvem a fer, allà. Quan vaig veure que paràvem al costat del mur, m'hi vaig fixar. Al terra hi havia alguna cosa. Fins que vaig haver baixat, no vaig adonar-me que era Marta Villanueva.

—Aquí mateix —va dir el Ben, assenyalant un lloc on la terra semblava més tova.

No n'estava gens, de tova. Costava un munt moure-la. I això que el Kevin anava obrint pas amb el pic, però ni així. Amb penes i treballs, i sense parar, entre tots tres vam aconseguir cavar un sot no gaire profund. Una sola persona no ho hauria pogut fer ni de broma.

Llavors el Ben em va dir:

—Torna al cotxe, capgròs.

Des del seient del darrere ho vaig veure tot igualment.

Van agafar el cos de la Marta i el van tirar dins el clot. Es van emportar un bon ensurt en veure que la pobreta encara es movia. Encara li quedava un alè de vida. Llavors el Ben va agafar la pala, va baixar dins el fossar i li va clavar uns quants cops. Van fer un soroll molt lleig. S'estava fent de dia. Havien d'acabar d'una vegada.

Van tapar de nou el forat amb la terra. Van escampar la resta amb les pales, com van poder. Van ficar les eines al maleter i van pujar al cotxe.

Em va estranyar que el Ben no tirés cap al barri. En comptes d'això, va agafar la carretera, fins a la rotonda, i va continuar cap al riu. Conduïa molt de pressa, com esperitat. Va agafar el pont, com si volgués anar a Barcelona, però va parar de cop. L'aigua del riu baixava bruta, com sempre. El nostre és un riu bord, com nosaltres. Un riu que no desentona amb la resta del paisatge i dels qui l'habiten.

El meu cosí va baixar del cotxe, va mirar a totes bandes per assegurar-se que no venia ningú. A aquelles hores, no hi havia ni Déu, allà. No era la típica nit que la gent fa servir per anar a fer un tomb. Feia un fred de nassos.

El Ben va obrir el maleter, en va treure el pic i les dues pales i ho va llençar tot al Llobregat.

El Kevin va fer un crit i va abaixar ràpidament la finestra:

—Ei, *tio,* que són meves!

Però el Ben no li va fer cas. Va comprovar que les eines s'havien enfonsat i va tornar a pujar al Scirocco. Va fer la volta al mig de la carretera i vam tornar al barri a deixar el Kevin a casa seva. La bola de greix ni tan sols ens va dir adéu, estava emprenyat perquè el Ben li havia llençat al riu les pales i el pic. Abans de deixar-lo marxar, el meu cosí li va dir:

—T'ho pagaré, això, col·lega. Demà et donaré mil euros.

El Kevin sempre feia petites feines brutes per al Ben. Allò d'aquella nit va ser una gran feina bruta. Una empastifada de les grosses.

Vam tornar en silenci cap a Les Palmeres. No podíem dormir. El Ben es va acabar l'ampolla de ginebra i va estar una bona estona netejant el parafang del cotxe amb un drap. No em va explicar res més.

De fet, no em va dir res fins dimarts al matí. Jo encara dormia quan em va despertar.

—Capgròs, escolta'm bé. La *poli* ha trobat el cos de la Marta. L'estan desenterrant.

Estava blanc com la paret.

—M'has de salvar la pell, Ric. Això va de debò. Si m'enxampen em cauran més de vint anys i sortiré quan sigui un vell. No podrem fer res del que hem planejat. M'ajudaràs, oi que sí?

Me'l vaig mirar fixament, com quan de petits jugàvem a veure qui aguantava més sense riure. Sempre guanyava ell.

—Tu tens 14 anys, Ric —va continuar; parlava molt de pressa—. Si dius que ho vas fer tu, te'n cauran només cinc, com a màxim, i en un centre de menors, que s'assembla més a un institut que a una presó. Després sortiràs en llibertat vigilada. T'hauràs de portar bé, però seràs al carrer. Sense antecedents penals ni res, nen! Si m'agafen a mi s'ha acabat tot. Si dius que ho vas fer tu, serà un tràmit i prou. Cinc anys de no res. Jo t'estaré esperant quan surtis. Anirem a viure a un altre lloc. Serem socis. Jo mai no et fallaré, capgròs. Què me'n dius? T'ho pensaràs?

No havia de pensar res. Jo hauria fet qualsevol cosa pel Ben. Era tota la meva família. Sense ell, no hauria arribat a gran.

—Explica'm bé què he de dir. No vull ficar la pota —vaig fer.

Préstec bibliotecari

I ara ja saps tota la història, estimada Xènia. No pensava explicar-la mai a ningú. Abans de conèixer-te m'era igual el que la gent pensés de mi. Abans de tu m'era igual tot. Fins i tot que es pensessin que sóc un psicòpata assassí.

No vaig poder retornar a la biblioteca el llibre de Saint-Exupéry. Dec haver acumulat tants punts de penalització que mai més em voldran fer el carnet. I la bibliotecària deu estar enfadada amb mi. Això sí que em sap greu.

Ja ho diuen les estadístiques: són estranys, els assassins de 14 anys. L'any que jo vaig entrar aquí, només n'hi va haver tres, comptant-me a mi.

De vegades em pregunto què van fer els altres dos.

Potser no van fer res.

III

ELS ÀNECS A L'HIVERN

El taxi ens va deixar a la porta. La mare m'acompanyava. Mentre ella pagava al conductor, jo vaig fer un cop d'ull a l'entrada. Per fora semblava un institut, però hi havia reixes i càmeres pertot arreu.

Des del darrere d'una finestreta, una policia ens va informar que havíem de deixar tots els nostres objectes personals en un armariet —ens en va donar la clau—, fins i tot els telèfons mòbils. Ho vam fer tal com ens havia dit. La porta va obrir-se amb un brunzit. Dins ens esperava el director i l'Albert, l'advocat de l'Èric. La mare va saludar-los encaixant la mà. Jo vaig fer un parell de petons a l'Albert mentre el director em mirava somrient:

—Tu deus ser la Xènia —va dir.

Em va caure bé de seguida.

Vam travessar un passadís de parets molt blanques, fins al despatx del director. A mi els nervis em rosegaven. No podia deixar de pensar: «Som sota el mateix sostre, avui el coneixeré, per fi». El despatx del director era un lloc alegre, amb finestres que miraven al bosc. Va demanar que ens asseguéssim al voltant d'una taula rodona i ens va preguntar si volíem alguna cosa per beure. Vaig respirar fondo. Per dins m'estava morint d'impaciència.

El primer de parlar va ser l'Albert:

—Tenim prou arguments per demanar que el cas sigui revisat. Proves noves, contundents. Hem trobat les pales i el pic a la llera del riu Llobregat. Sembla un miracle. Tenim els missatges dels mòbils que el Rubén guardava dins la caixa —els seus i el de la Marta— i tenim la fitxa de la biblioteca on es veu clarament que la nit de l'assassinat l'Èric hi va anar i va agafar en préstec un llibre. M'ha costat una mica trobar la bibliotecària, perquè treballa en un altre lloc, però finalment m'ha dit que testificarà. Recordava molt bé l'Èric, fins i tot em va explicar el dia que li va recomanar la novel·la de Salinger. Em va dir que sempre li va semblar un bon nano i que quan va saber allò que havia passat amb la Marta no s'ho va acabar de creure del tot. Demà mateix presentaré el recurs de revisió i demanaré la nul·litat judicial. Crec que tenim moltes possibilitats de guanyar. Necessitaré el teu testimoni, Xènia.

—És clar —vaig dir.

Tot allò era culpa meva. Després de llegir el quadern de l'Èric, vaig quedar molt trasbalsada. Vaig pensar que havia de fer alguna cosa. Era l'única persona que sabia la veritat, i no podia guardar-me-la sense fer res, encara que l'Èric no m'hagués demanat res. O potser precisament per això.

Vaig ensenyar el quadern a la mare, que sempre va estar al meu costat. De fet, sense ella no hauria pogut fer res. A ella també la va impressionar molt. Juntes vam anar a veure l'Albert, li vam explicar què sabíem i li vam preguntar què podia fer. Ell va visitar l'Èric, li va demanar permís per fer un cop d'ull als mòbils de la caixa que li havia portat la seva tieta. L'Èric els hi va donar, és clar. Va trigar una mica a carregar tots aquells trastos vells, però quan ho va haver fet les proves van desfilar pel davant dels seus ulls l'una rere l'altra: en el mòbil de la Marta hi havia tots els missatges que el Ben li havia enviat la nit dels fets (a més de les fotos que ella li havia fet quan estava obsessionada per ell i els missatges que ella mateixa li havia enviat). Però el millor van ser els missatges del Ben. N'hi havia de totes menes, però els més acusadors eren els que va enviar el seu col·lega Kevin l'endemà del crim. No podien ser més clars: *«Mastic cagan, tiu. Hauriam dabe llansat la noia al riu»*. Un altre: *«Akesta nit majudas i la fotem al riu»*

Però no hi van ser a temps.

El Ben ho guardava sempre tot, no llençava cap mòbil i mai no havia tingut temps d'esborrar els missatges. Res d'allò va estranyar ningú.

O potser ho va fer expressament. Darrerament s'estava ficant en negocis perillosos. Els Medina no eren qualsevol enemic. El Ben sabia que li podia passar alguna cosa en qualsevol moment. Segurament el Kevin també ho sabia, i per això va fugir. Potser el Ben ho tenia tot previst. Algú ha de pensar on aniran els ànecs si a l'hivern es gela el llac, oi? Cal tenir cura d'aquells que t'estimes. Cal preveure un lloc segur on es puguin aixoplugar mentre arriba de nou el bon temps. On van els ànecs a l'hivern, quan el llac es glaça? A algun lloc segur i confortable. No cal patir per ells, Holden. Tornaran a la primavera. El Ben sempre ho tenia tot previst, oi?

L'Albert va fer una gran feina i s'hi va implicar des del principi. Ell diu que perquè sempre va pensar que l'Èric era innocent i l'aparició de les proves noves només el va sorprendre a mitges.

Ara només calia arribar fins al final. El final era un jutjat, un altre judici, una altra sentència. Potser aquest cop absolutòria, per variar. I sense conseqüències. L'Albert hi tenia molta confiança. La mare deia que l'Èric s'ho mereixia. I jo sentia que el cor m'esclatava cada cop que pensava en la possibilitat que l'Èric quedés lliure.

Però de moment calia paciència. Aquestes coses van a poc a poc i convé saber esperar.

Esperar. La paraula odiosa, altre cop.

De cop vaig sortir dels meus pensaments i vaig tornar a trobar-me al mig de la reunió. No podia esperar ni mig minut més. La mare m'ho va notar.

—Heu dit a l'Èric que la Xènia és aquí? —va preguntar la mare.

El director va fer que no amb el cap i em va mirar.

—He pensat que potser seria millor la sorpresa? —em va mirar i em va preguntar—: Tens ganes de conèixer en persona el teu amic?

—Moltes —vaig respondre, pensant que mai una pregunta havia estat més idiota.

—Què us sembla? Deixem que els nois es vegin per fi cara a cara i nosaltres continuem la nostra reunió més tard? —va proposar el director, mirant la mare i l'Albert.

Tots dos hi van estar d'acord. La mare em va picar l'ullet i em va fer un somriure murri quan el director em va dir:

—Vine amb mi, Xènia. T'acompanyo a la sala de les visites.

Mentre caminava pel passadís pensava que em desmaiaria. El cor em bategava a les temples i cada tres segons m'oblidava de respirar.

Vam travessar dues portes, o potser van ser tres. Llavors el director em va fer passar a una habitació de parets blanques i mobles blancs.

—Espera't un moment aquí, Xènia, vaig a buscar l'Èric.

Em vaig entretenir a comptar els segons. En van ser vuitanta-dos. Llavors la porta es va obrir i va aparèixer un guàrdia de seguretat. Al darrere hi havia l'Èric, que feia si fa no fa la mateixa cara d'espantat que devia fer jo en aquell moment. Portava uns texans i una samarreta negra. Estava més prim del que em pensava però també era molt més guapo del que m'havia dit. O potser és que l'estava veient per dintre i no per fora.

Quan el guàrdia se'n va anar, ens vam quedar mirant als ulls en silenci. No vaig necessitar que digués cap paraula per saber com n'estava, de sorprès, de veure'm allà. Ni com de content. Les paraules no són el seu fort, prou que ho sé. Per això no n'hi vaig demanar cap.

Quan estimes una persona, t'agrada que sigui com és. També t'agrada que t'estimi. No em digueu com, però jo vaig notar que l'Èric m'estimava només per la seva manera de mirar-me. Mai ningú m'havia mirat així.

Sense dir-nos res, vam tenir tots dos la mateixa idea i al mateix temps. Ens vam fer una abraçada. Una de ben forta, estreta, tendra, tot alhora. Una abraçada amb tot el cos, però també amb tota l'ànima. Jo vaig tancar els ulls. Crec que ell també. Era molt més alt que jo, tenia un pit ample, s'hi estava bé. Vam estar-nos molta estona així, sense moure'ns. Després ens vam separar i van començar les paraules.

Però el més important ja ho sabíem.

NOTA ALS LECTORS

Tot sovint les novel·les són una resposta. Una d'indignada, emotiva, que amb freqüència no serveix per res sinó que formula més preguntes difícils de contestar. Preguntes davant les quals val la pena aturar-se un segon i pensar. Sovint em pregunten què vull inculcar quan escric novel·les per a joves. *Inculcar* és un verb horrorós, equivocat. Jo no pretenc inculcar res, mai, a ningú. Tampoc no vull que ningú vingui a inculcar-me res. Jo el que vull de debò és contagiar, convidar, seduir, mostrar. Tot plegat, amb l'únic que tinc: les històries, les paraules. *Emocionar,* vet aquí un verb que m'interessa més que cap altre. I això és el que vull: emocionar els joves lectors de la mateixa manera que van emocionar-me les lectures que vaig fer quan era adolescent. Tot i que si a més aconsegueixo ni que siguin cinc minuts de reflexió, la felicitat ja és total.

La història que he explicat en aquestes pàgines és de ficció, com els seus personatges, tot i que els escenaris són reals, igual que certes situacions. L'assassinat de Marta Villanueva està basat en un crim real, perpetrat per joves menors d'edat a començament dels anys noranta. L'estadística, és clar, també és certa. L'edició citada d'*El vigilant en el camp de sègol* és la de la col·lecció «labutxaca», traduïda per Ernest Riera i Josep Maria Fonalleras. L'Institut Ricard Salvat no existeix; el gimnàs Yom Chi, tampoc. Can Salvà és real en tot, tret del nom.

Les emocions que conté aquesta novel·la ho deuen tot a algunes persones, a les quals vull agrair el seu ajut i consell.

A Àngeles Escudero, que va posar exàmens a la Xènia i va corregir-me a mi.

A Deni Olmedo, per fer seves les meves emocions durant els últims 14 anys.

A Gemma Suñé Gamell, advocada, amiga, dona ràpida i amb contactes.

A Albert Gonzàlez Jiménez, que podria haver estat l'advocat de l'Èric.

Al psicòleg i psicopatòleg forense, Bernat-Noël Tiffon Nonis, que em va fer veure de què som capaços els éssers humans.

A Carlos González García, per ensenyar-me per dins el món dels centres de reforma i regalar-me el seu temps. La seva generositat va canviar totalment aquesta història.

I a la Xènia, la de debò.